講談社文庫

スペードの3

朝井リョウ

講談社

スペードの3

トランプゲーム「大富豪」

♠配られたカードをできるだけ早くなくすことを競うゲーム。
♣場に出されたカードよりも強いカードしか出してはならない。
♥１位の者は「大富豪」、最下位の者は「大貧民」と呼ばれる。

◆カードの強さは、上から、
ジョーカー＞２＞Ａ＞Ｋ＞Ｑ＞Ｊ＞10＞９＞８＞７＞６＞５＞４＞３
となる。

♠ただし、同じ数字のカードを４枚、または同じマークで連続する４枚以上のカードを同時に出すと、ジョーカーを除くカードの強さが逆転する。
これを、「革命」という。

♣ただし、スペードの３は、場にジョーカーが単独で出されている
ときのみ、「革命」の有無に関係なく最強のカードとなる。

◆「大富豪」だった者がそのゲームで１位になれなかった場合、次回のゲームでは「大貧民」となる。
これを、「都落ち」という。

以上の説明の他にも、ローカルルールが多数存在する。

第1章 スペードの3

1

ファミリアは砂鉄に似ている。誰も、磁石の力に逆らうことはできない。

マスクがじっとりと湿ってきた。吐く息の中に含まれている水分の粒子が、マスクの白い繊維の中にいつまでもとどまっている。江崎美知代《えさきみちよ》はマスクをずらすと、大きな声で言った。

「プレゼントをお持ちの方は、私に渡してください。本日、つかさ様にはひとりひとりに御挨拶《ごあいさつ》をする時間がございません。私がまとめて皆さんからのプレゼントをお渡しいたします」

大きな声を出しながら列の前を往復していると、それだけで息が上がる。ファミリアからつかさ様への手紙やプレゼントを受け取りながら、美知代は思う。これだけの動きで息が切れてしまうのだから、あの舞台で何時間も歌ったり踊ったりしているつかさ様は、どれだけの鍛錬《たんれん》を重ねているのだろう。

「プレゼントがある方は、私に渡してください。今日はつかさ様に直接お渡しする時間はございません」

美知代が何度もそう繰り返していると、やがて、観念したように小さな袋を渡してくる人がいる。手紙とお菓子だろうか、何か箱のようなものが入っている。「ありがとうございます」食べ物はあとで取り除いておこう、と思いながらも、美知代は表情を変えない。組織のトップは、感情を揺らしているところを表に出してはいけない。えらそうに。

たったいま通り過ぎたばかりの場所から、そんな声が聞こえてきた。美知代にプレゼントを渡すことを最後まで拒んでいたうちの誰かだろう。ファミリアに入ってまだ数日しか経っていないような新規のファンは、ファミリアをまとめる立場にある美知代たちに対して反抗的な態度をとることも多い。

こういう子は、理科室にもいた。美知代は、口元からずらしていたマスクを元の場所に戻す。だけど大丈夫、こういう子でさえ、磁石の力に逆らうことはできなかった。

「はい、こっち側の分」

太田《おおた》圭子《けいこ》がいくつかの手紙と包みを抱えてぱたぱたとこちらに駆け寄ってくる。美知代は紙袋の口を広げると、圭子が集めてきたプレゼントをその中に入れた。

「はー、寒い、トイレ行きたくなっちゃう」

　圭子は花の形をした耳当てまでしているのに、とても寒そうに震えて見せた。今日はお気に入りらしいピンク色のムートンブーツを履いている。美知代より二つ年上で三十を超えている圭子はいつも、美知代よりも明るい色の服を着る。

　つかさ様のファミリアは皆、コートやマフラーで体をまるまるとふくらませ、身を寄せ合うようにしている。皆、今日の舞台の感想やそこから読み取ることができる情報の交換に忙しそうだ。手袋をしているてのひらをこすり合わせたり、小刻みに上半身を揺らしたり、誰もが体のどこかを動かしている。そうしていないと、この寒さには耐えられない。海闊《かいかつ》劇場は比較的、出待ちをしやすい立地にあるけれど、ビル風が強い。冬の夜公演の出待ちとなると、体感温度はかなり低いはずだ。

　美知代は手袋の上にコートの袖をかぶせる。年末が近づいているこの時期にまで冬公演の出待ちをするファミリアたちの顔は、もう大体把握している。

　大通りを通り過ぎていくタクシーが、あちらから、こちらから、冷たい空気の塊を切り裂いていく。大きなものが大胆に動いている夜の中で、この一角だけが寒さに耐えるために小さく繊細に揺れている。

「こっちも終了。プレゼントはこれで全部じゃない？」

　佐々木由加《ささきゆか》が紙袋をこちらに差し出してくる。これで、今日の分のつかさ様へのプレゼントはすべて集まったはずだ。江崎美知代、太田圭子、佐々木由加がこうして一カ所に集まると、ファミリアのメンバーは少し緊張した顔つきになる。

年末に向けて、海闊劇場のラインアップは例年通りの盛り上がりを見せる。年末年始は、若くてかっこいい男の子たちの公演で劇場のスケジュールが埋まってしまうので、つかさ様の出番はない。三十代後半をむかえたつかさ様は、定番のミュージカルでも主演を務めるようなことは少なくなったけれど、それでも何かしらの役を任されていることが多い。以前、ある演劇評論家がどこかの雑誌で【香北《こうほく》つかさは、国内でも随一の歴史を持つ海闊劇場の年間ラインアップを支えている、重要な屋台骨といってもいいのかもしれない】と書いていた。

海闊劇場の、日本のミュージカルの屋台骨となっているつかさ様、を支えている屋台骨は、私たちファミリアだ。美知代は、自分の胸の甘い疼《うず》きを思い出して、少し体温が上がったような気がした。

つかさ様はかつて、ある有名な大劇団の夢組に所属していた。彼女がはじめて準トップスターを務めた舞台の名前が、「ファミリア」だった。ヨーロッパの王家の悲劇的な末路を描いた、二部構成のミュージカルだ。舞台という限られた空間を巧みに使った場面転換の妙が高く評価されている作品で、どちらかというと役者の演技よりも演出に関して論じられることが多い。背が高く、手足が長く、鼻筋の通ったつかさ様は、持ち前のアルトで様々な曲を堂々と歌い上げていた。時には溢れんばかりの愛を情熱的に、時には地を這うような不幸を絶望的に。つかさ様が舞台の上を立ち回るたびに、白い手袋を着けたその指先が、黒いブーツを履いたその足先が動かした空気の波が、自分のところにまで届くのを美知代は感じていた。

当時のロングラン記録を塗り替えた「ファミリア」終演後、つかさ様を追いかけるファンはそのまま「ファミリア」と呼ばれるようになった。

「他にプレゼントや手紙をお持ちの方はいらっしゃいませんか？」

美知代は手袋をした右手を挙げながら、四列に並んだファミリアの前をゆっくりと歩く。寒い中、身を震わせているファミリアたちの目線が、自分の胸元に集まっているのがわかる。

胸についている王家の紋章《もんしょう》。冬の夜の中、それは氷のように冷たくなる。

「今日は夜公演のあとの御挨拶となりますので、あまりお時間がございません。よって、つかさ様に直接ものをお渡しすることは禁じております。プレゼント、手紙など、お渡しになりたいものがある方は、私たちにお預けください」

マスクをずらし、口を開くと、言葉がすらすらとこぼれ出てくる。はじめは恥ずかしがって大きな声を出すことができなかった圭子も、今では立派な「家」の一員らしく、背筋を伸ばして振る舞っている。胸に紋章をつけるようになってからかな、猫背が直ったの。圭子はいつか、うれしそうにそう言っていた。

全部、つかさ様のおかげだよね。

江崎美知代、太田圭子、佐々木由加の三人で構成されている「家」は、ファミリアの幹部組織のことを指す。ファミリアをまとめあげる「家」は代々、三人のファミリアで構成されてきた。「家」のメンバーになると、つかさ様のマネージャーの連絡先と、舞台「ファミリア」で実際に使われていた王家の紋章のレプリカが渡される。この紋章は、お迎えや御挨拶など、ファミリアの活動をするときには必ず胸につけておかなければならない。

朝が早いことが多いお迎えは、専業主婦の圭子が取り仕切ることが多い。人数も多く、夜遅くなることも多い御挨拶は、できるだけ「家」が三人とも揃うようにしている。勤めながら「家」の仕事をこなすことは難しいと言われているが、美知代たち三人は仕事をこまめに分担することでなんとかやりおおせている。

「プレゼント、手紙など、お渡しになりたいものが」

由加の声が止まった。ドアが開いたのだ。

四列に並んでいるファミリア全員の顔が、ざっとドアのほうを向く。つかさ様っ、と、どこからか甘い声が先走った。

すぐに、百近く並んだくちびるたちから、白いけむりが一斉に吐き出された。

コートをまとった小柄な女性が、申し訳なさそうに裏口のドアから出てくる。数十人分のため息のかたまりを浴びたアルバイトの学生らしき女性は、手袋をはめ直すと、小走りで駅へと向かっていった。明らかな落胆を含んだ空気が、ファミリアたちから立ち上る。

「……今日ちょっと遅いね、つかさ様」

圭子が腕時計をちらりと見た。不思議の国のアリスをイメージしているという時計は、針の形が独特だ。

「今日もなかなかハードだったからね。ダブルキャストの組み合わせもいままでと違ったし、反省会でもしてるんじゃない」

もう、公演が終わってから一時間近く経っている。つかさ様はなかなか出てこない。

つかさ様の御挨拶を待つファミリアは、どの劇場で出待ちをするときもきれいに四列に整列する。紋章をつけている美知代たち「家」のメンバーは、列の中には入らない。ファミリアのルールを破ることなく、かつ、ファミリアに対して貢献度の高いメンバーから順番に、一列目、二列目、と配置していく。一列目に良識あるファミリアたちを配置しておくことで、つかさ様が出てきたときに思わず熱くなってしまった人たちが区画から飛び出すことを防ぐ、という工夫を施すことも「家」の仕事だ。

「皆さん、寒いでしょうけど、もうちょっとそのままでお待ちくださいね」

美知代がそう言うと、ファミリアのメンバーは「はい」と声を揃えて返事をした。特に、一列目のファミリアたちは返事の声が大きい。一列目ともなると、次期「家」のメンバーを狙う者も多い。つかさ様に関する知識、貢献度共に、美知代たちに肉薄《にくはく》している。

美知代は列が乱れていないことを確認すると、プレゼントや手紙でパンパンになった袋を一度地面に置いた。袋の持ち手が食いこんでいた指の関節部分が、じんと痛む。

「あの、ファミリアの方ですか？」

由加の声がした。定められた区画から飛び出たところに立ち止まっている二人組に向けて、声をかけているようだ。

「ファミリア？」

たったいま、どこかの喫茶店から出てきたらしい二人組は、パンフレットの入った紙袋を腕からぶら下げたまま首をかしげた。終演後から今まで、どこかの喫茶店で時間をつぶしていたのだろう。それでいて、いいポジションで出待ちをしようだなんて都合のいい話だ。

「香北つかさ様の公式ファミリアの方ですか？」

由加は、「家」の中で最も気が強い。こういう場面では、目尻を伸ばす彼女独特のアイメイクがプラスに作用する。

「公式ファミリアでない方の御挨拶はご遠慮いただいております」

困った様子で顔を見合わせている女性二人組に対して、由加は続ける。

「また、こちら、御挨拶のために定められた区画外でございます。区画外に留まることは、ファミリアである、ないに拘わらず禁止されております。他の方々のご迷惑になりますので、お控え願えますでしょうか」

言葉づかいは丁寧なのに、由加の話し方は、相手に選択肢を与えない。相手が何も言えなくなっているタイミングを見逃さずに、由加はファミリアについての資料を手渡し始める。ファミリアに入れば御挨拶の列に加わることができる、という説明に、女性二人組が一瞬、気味悪そうに顔をしかめた。

ファミリアたちが、御挨拶のために定められた区画から溢れ出していないかチェックするのも、美知代たち「家」の役目だ。荷物の搬出、搬入、役者の出待ちなどで海闊劇場が使用できる区画はあらかじめ決められている。また、それが公道にまで及んでしまう場合は、海闊劇場のスタッフがその申請をする際、手数料を警察署に払いに行かなければならない。

このような話を、美知代は、ファミリアに入りたての新人にはよく言って聞かせる。私たちは御挨拶をしているのではない。御挨拶をさせていただいているのだ、と。

月の上を雲が通り過ぎていく。明日は雨が降るらしい。

「あっ」

由加の向こう側にいる女性二人組が、飛びあがるようにして背伸びをした。

「つかさ様がいらっしゃいました！」

圭子が声を張りあげる。一列目がその場にしゃがむ。二列目は膝を立てる。三列目は中腰、四列目は直立。一瞬で、四列に並んでいたファミリアたちがひな壇のようになる。

美知代は、胸元の紋章の向きを直した。

「つかさ様、お疲れ様でした」

お疲れ様でした。

ファミリアの声が揃う。美知代は頭を下げる。後方で、ファミリアたちも同じように頭を下げている気配が感じられる。

二人組を追い払ったらしい由加が、美知代の右隣に並ぶ。圭子は、美知代の左隣にぴったりとはりついている。

「みんな、寒い中ありがとう」

つかさ様は、裏口のドアから出ると、ゆっくりとファミリアの前に現れた。その途端、世界中の花がいっぺんに咲いたみたいに、空気が変わったのがわかった。

つかさ様はゆっくりと歩く。「ありがとう、寒いでしょう」楽屋で化粧をし直したのだろう、舞台の上に立っていたときと表情が違う。「ああ、あなた入り待ちもしてくれてたよね、ありがとう、ほんとに」一列に約二十人、四列に並んでいるファミリアの前を、つかさ様はゆっくりと二往復する。はじめの往路はしゃがんでいる一列目に、復路は立膝をしている二列目に、といった具合に、四列全員の顔を順番に見つめながら、つかさ様は感謝の気持ちを伝えてくれる。

つかさ様は、ありがとう、と言うとき、眉が下がる。舞台の上では、あんなにもしっかりと描かれていた眉が、ファミリアひとりひとりと向き合うたびに申し訳なさそうに八の字になる。

美知代たち三人は、ファミリアたちに向かい合うようにして、その様子を見つめる。誰かが飛び出してきたりしないように、誰かがつかさ様に接触したりしないように、見えない圧力で牽制《けんせい》する。

かさかさ。

まただ。美知代は耳を押さえる。

「皆さん、今日は本当にありがとう」

つかさ様は何度もありがとうと言う。何度も眉を下げる。ファミリアたちは、目に涙の膜を張り、つかさ様を見上げる。つかさ様は百七十二センチと長身なので、四列目のファミリアも、つかさ様を見上げることになる。

かさかさ。かさかさ。

美知代は深く息をする。

つかさ様は神様だ。ファミリアたちが、それぞれの心の中、頭の中で必死に必死にこねくりまわしていたような何かを、その場をただゆっくりと歩くだけで、遥か遠くへと払いのけてしまう。そんなことをされてしまうと、ファミリアはどうしていいかわからなくなり、ただ、いっぱいに目を開いてつかさ様を見つめることしかできなくなる。

かさかさ。かさかさ。

ファミリアのプレゼントと手紙がまとめられた紙袋の持ち手を、美知代はぐっと握りしめる。指の肉に、ひもの部分がどっしりと食いこんでいく。

つかさ様は二度目の復路に差し掛かる。つかさ様が歩く速度に合わせて、四列に並んだ八十あまりの顔、百六十あまりの眼球が、ゆっくりと動いていく。

御挨拶に立ち会うたび、美知代の頭の中ではある音が鳴る。白い紙の上に載っている黒く尖った砂が触れ合う音。

かさかさ。かさかさ。

つかさ様の磁力が、耳の中で蠢《うごめ》く。

終電間近の地下鉄は、いつもより迷いがないように感じる。余計な情報をすべて振り落として、真剣に、ストイックに目的地を目指す。

「今日の舞台、いつもと違うキャストと組んでて新鮮だったな」

どさっと、全身を預けるように座っているため、由加の細い顎《あご》はダウンジャケットの中にほとんど埋もれてしまっている。

「ダブルキャストだと、組み合わせによっていろんな変化が起きて面白いよね」

「まあ、今日の子はぶっちゃけひどかったけどねー」

由加はそう言うと、向かい側の窓を鏡代わりにして前髪を直した。つかさ様の真似《まね》をしたのだろう由加のショートカットは、もともと前髪が流れる方向が違うこともあって、あまり似ていない。

いま行われている舞台では、つかさ様は四番手だ。主役の女優と相手役の俳優はどちらもダブルキャストになっており、どちらも、ある大きな芸能事務所が開催しているスカウトキャラバンで入賞を果たした子だ。しっかりとした事務所なので、デビュー前からレッスンを多く受けてきたのだろうが、いかんせん、歌唱レベルが海闊劇場のサイズに追いついていない。

「この作品さ、毎年新人俳優枠あるけど、なんか、登竜門っていうよりも使えないことがバレちゃう枠って感じでかわいそう」

由加は圭子と正反対の性格をしている。由加は、電車の中でもはきはきとよく通る声で話したりと、はっきりとした目鼻立ちの印象そのままに気が強い。スレンダーで長身、髪の毛は短く、スカートを穿かない。舞台を観ても、つかさ様以外の役者を褒《ほ》めることはほとんどない。

「そういえば、あの子たちファミリア入るって？」

最終的に、不満そうな表情のまま海鬩劇場から去って行った女性二人組のことを思い出しながら、美知代は言った。

「うーん、どうだろ」

由加は言いよどむ。つかさ様が裏口のドアから出てきたその瞬間、巧みに高さを変え、自分たちの体でひな壇を作り上げたファミリアたちを見て、あの二人組は口を小さく動かしていた。

えっ、やばくない？

美知代には、確かにそう動いたように見えた。

「一応、サイトのアドレスとか渡しといたけどね。正直、そんなに手ごたえなかったかな。なんかミーハーっぽい感じだったし」
二十八、九くらいだろうか、自分たちと同い年くらいに見えたあの女性二人組は、確かに、演劇が大好きというタイプには見えなかった。きっと今日の舞台だって、日常の中に数多くある楽しみのうちのひとつだったのだろう。
そんなものの中に、つかさ様を並べてほしくない。すべてを捨てて舞台に身を投じているつかさ様の演技を、つまみ食いをするような軽い気持ちで味わってもらいたくない。

「ていうか、圭子、今日もすごいブーツ履いてたよね」

「ああ、あれ、最近お気に入りみたいだから」

美知代はそう返してから、ちらりと自分の足元を確認する。足首のところにベルトがついているブラウンのショートブーツ。秋から春にかけて、いつでも履くことができるシンプルなものだ。

これは、大丈夫。

「なんかやっぱ女子校っぽいよね、圭子って」

「育ちがよさそうってこと?」美知代はあえて、わかっていない振りをした。相手が隠した決定的な言葉を引き出すために。

地下鉄が速度を緩める。由加が降りるのは次の駅だ。

「私もできるもんなら劇場からタクシーで帰りたいわ」

じゃあ、ふたりとも、おつかれさま。夜公演の御挨拶のあと、圭子はたまに、劇場の前でタクシーをつかまえる。埼玉寄りの都内にある実家近くにある新居まで、いくらぐらいかかるのだろう。

旦那さん何してる人なの、と、圭子に聞いてみたことがある。すると圭子はなぜか甘えるような口調で、なんか今は大使館とかまわって法律変えようとしてるみたい、と言った。商社の食品担当なんだけど、法律変えないと海外の取引先の精肉を輸入できないんだって。なんかすごいよねえ。

「子どもできたらどうすんだろ。こんな遅くまで出歩けないでしょ」

まあいいんだけど、と付け足すと、由加はふぁあとあくびをした。ファンデーションが顔の脂《あぶら》で溶けている。

由加は、圭子よりも早く、「家」のメンバーに昇格した。それまで「家」の取り仕切り役を務めていた人が夫の転勤で九州に引っ越すことになり、美知代が新たな取り仕切り役に任命されたのだ。美知代はその後、当時ファミリアの一列目にいた由加を「家」の新メンバーとして迎え入れた。

圭子が「家」に入ったのは、その半年ほどあとのことだ。三人目の「家」のメンバーと由加が大喧嘩をし、その子が抜けてしまった穴を圭子が埋めた。人前に立って行動するタイプではない圭子が「家」のメンバーに任命されたときは、予想通り、他のファミリアから反発があった。

圭子を「家」のメンバーに選んだのは美知代だ。最も長く「家」のメンバーを務めている美知代の判断には、誰も逆らうことができない。

「あ、あれ」

ほら、と、由加が顔を動かす。地下鉄のドアの上に設置されているディスプレイに、コンパクトを顔の横に持ってきてにっこりと微笑む女優が映っている。塗るべき位置に配置された四種類のパウダーが好評なのか、あのコンパクトは売れ行きがとてもいいらしい。

「あれ、ファミリアの子たちがいいって言ってたよ。美知代が姫々《きき》で働いてるって言ったら、みんなびっくりしてたし」

会社にあるどの封筒にも印刷されている【KiKi】というロゴが、ディスプレイの右下で小さく、だけど堂々と光っている。

「そんな、仕事のことなんて話さないでよ」

「なんでよ、みんな羨《うらや》ましがってたよ」

いいじゃん減るもんじゃないし、と言うと、由加は座席から立ち上がった。由加は、調味料を製造し販売する会社の営業部で働いている。以前、ファミレスで「家」

の会議をしていたとき、圭子の女子力にはかなわないけど、テンキーを叩く速さなら絶対に負けない、とよくわからないことを言ってひとりで笑っていた。

「ていうか、つかさ様、姫々のCMに使ってよ。肌だってあんなにきれいなんだから」

確かにね、と軽く返すと、由加はそれ以上何も言わなくなった。

「じゃあまた、おつかれ」

由加はこの駅で降りて、JRに乗り換える。土日は、乗り換えの時間が二分しかなく大変らしい。

由加が降りたあとも、ディスプレイの中の女優は変わらずにコンパクトの横で微笑んでいる。パウダーを塗った肌は、埃すら滑り落ちそうなほどなめらかだ。

美知代は手袋を外すと、カバンの内側のポケットの中からハンドクリームを取り出した。会社勤めをはじめてから、指の腹の皮膚《ひふ》が荒れるようになった。毎日触っている段ボールや、配送業者の送り状に使われているインクがどうも肌に合わないらしい。

買ってから一年以上経っているハンドクリームは、もうただのあぶらのようだ。塗ってみたはいいものの、ぬめぬめと光る指先の止まり木が見つからず、美知代はふうとため息をついた。

誰をＣＭに起用するか決める人なんて、会社のどこにいるのかわからない。

新卒採用のとき、姫々は面接にさえたどり着けなかった。それでもあこがれは捨て切れず、美知代は結局、姫々サービスポートという関連会社に就職した。

毎日、姫々本社の営業部から送られてくる商品補充リストに従って、指定の商品を指定の個数だけ発送していく。顔も知らない営業部員が一日に何度も送ってくる追加補充リストは、ファイル名が統一されていないことが多く、わかりにくい。

明日も仕事だ。

同じ車両には、あと三人しか乗客がいない。大きなヘッドフォンに大きなリュックの若い男性、ポシェットサイズのカバンを膝の上に置いた学生らしき女の子二人組。進行方向に対して右側のドアにもたれている若い男は、そのガラス部分に脂の浮いた無表情の顔を映している。学生二人組は、これから友達の家へ泊まりに行くのだろうか、ちゃんと化粧もしているし服装も小奇麗だ。これから向かう先に、思いを寄せている男子でもいるのかもしれない。

携帯を取り出す。電池は、残り七十二パーセント。

家に帰るためではなく、どこかへ向かうために乗る終電だなんて、一体、いつが最後だったのだろう。大学を卒業して、もう七年が経つ。

各駅停車の地下鉄が、とある駅に止まる。誰も乗り降りしない。しばらくすると、ドアがゆっくりと閉じる。学生たちの会話のテンポは、電車が止まっても動き出しても変わらない。生きていくことに区切りなどない。

2

木箱のような椅子に乗せた体を、椅子ごと前後に揺らしている。五十嵐壮太《いがらしそうた》は、クラスでイチ、ニを争うほどに体が大きいので、そんな小さな木箱の上に落ち着いて座っていられない。

「ヒロセンさ、転校生来るとか言ってたけど、どんなやつだろうな」

六年生になって二ヵ月近くが過ぎたころ、帰りの会で廣瀬《ひろせ》先生が言った。来週から、クラスに新しい仲間が増えます。はじめに伝えておくけれど、先月まで、体調を崩して入院していた子です。もちろん病気が治ったからこのクラスに入ることになったんだけれど、みんな、体育のときとか、ちょっと注意してあげてくれ。橋本、江崎、学級委員のふたりもサポート頼むな。

「体弱いんだっけ。てことは、女子なんじゃね？」

男子は声が大きい。理科の先生が実験の説明をしていることなんてどうでもいいみたいだ。怒られるのが怖くないのだろうか。

「男子だったら少年野球のチーム入れようぜ」

「でも体育気を付けろとかヒロセン言ってたじゃん」

「五十嵐君、先生の話ちゃんと聞いてって」

思わず美知代がそう言うと、そのセリフを待っていたかのように、壮太たち男子は顔を見合わせてニヤリと笑った。

「はいはーい、わかりましたよ学級委員」

かこ、かこ、かこ。壮太はわざと、さっきよりももっと激しく椅子を揺らし始める。美知代はそんな壮太の姿を見ながら、サーカスでよくある小さなボールの上に大きな象が乗っている映像を思い浮かべた。

小学校の理科室、六つ並んだ大きな黒いテーブル。理科室特有の、背もたれのない木製の椅子。

「それでは、各班、道具を取りに来てください」

白衣を着た小柄な先生がそう言うと、わっと多くの生徒が立ち上がった。五十嵐壮太は当然、立ち上がらない。先生の話を聞いていなかったから、次の実験で何をどう準備すればいいのかわからないのだ。

美知代はわかる。きちんと話を聞いていたので、わかる。

「むっちゃん、磁石取ってきて。私、紙と砂取ってくるから」

前に座っている明元《あきもと》むつ美《み》にそう指示すると、美知代はすっくと立ち上がった。五年生になったあたりから、美知代は背が少しずつ伸び始めた。明元むつ美は背が小さい。出席番号順で並んでも、背の順で並んでも、むつ美は先頭にいる。

理科の実験教室では、出席番号順に座ることになっている。教室にいるときとは違う生徒がすぐそばにいるので、皆、理科の時間はなんだか少し浮足立つ。明元むつ美、五十嵐壮太、江崎美知代、ア行で名前がはじまる生徒は大体、美知代が班長を務める実験一班に所属している。

「学級委員は今日もまじめだな」

「女子に任せようぜ、実験」

壮太たち男子が、千切った消しゴムをテーブルに広げ、指で弾いてサッカーのようなことを始めた。「みんなで協力して実験するのよー」先生の声は男子には届かない。

「ほら、ちょっと、消しゴム片付けてよ。汚いじゃん」

「なんだよ、めんどくせ」

実験道具を持って美知代が戻ってくると、なんだかんだ言いつつ、壮太は消しゴムのかけらを片付け始める。準備はしないけれど、実験の盛り上がるところでは主導権を握りたがる。五十嵐壮太だけではない、男子はみんなそうだ。

体は大きいし、言葉づかいは悪いけれど、壮太はかっこいい。静かにしてよ、とか、ちゃんとしてよ、とか注意をする女子に対して彼が向ける、品定めをするような目線に美知代はゾクゾクしてしまう。

美知代は六年生になったとき、男子と女子はこのまま別のベクトルへと伸び続けていく生き物なのだと悟った。六年生になるまで、五回のクラス替えが行われた。そのたびに、裏返したトランプをぐちゃぐちゃにするように、仲の良かったグループはどんどん解体された。だけど、それが何度繰り返されたとしても、男子と女子の距離感だけは変わらなかった。

「なにすんの、実験って」

「先生の話聞いててよ」

壮太が、美知代の持つ白い紙の上に顔を被せてくる。壮太の顔の形をした影が自分の手首のあたりに落ちて、美知代はそのあたりにほんのりとした熱を感じた。

「紙の裏側に磁石を近づけて、ゆっくりと動かしてみてください。砂鉄がどう反応するのか、確かめてみてね」

先生がそう言ったとき、磁石を取りに行っていたむつ美がようやく戻ってきた。

「おせえよ天パ」壮太は、俯《うつむ》いているむつ美から磁石を奪い取る。背が小さくて、めがねをかけていて、まるでマンガのキャラクターみたいに髪の毛がくるくるとしているむつ美は、他のすべての班が磁石を取ってから、最後のひとつに手を伸ばしていた。

「天パとか言うの、やめなよ」

美知代は壮太から磁石を取り返す。「あ？」と声を荒らげながらも、壮太はどこか楽しそうだ。

「今日もうるせえな学級委員は」

「ほら、静かにしてよ先生見てるんだから」

壮太は、美知代のことを学級委員と呼ぶ。他の生徒のことは、名字で呼び捨てか、名前すら呼ばない。

美知代の持つ白い紙の上には、少量の黒い砂が載せられている。その砂はグラウンドや砂場にあるそれとは色も形も違うような気がして、磁石を近づける前から、美知代はほのかな興奮を感じていた。

「むっちゃん、磁石取ってきてくれてありがとね」

美知代がやさしく話しかけると、むつ美はこくりとうなずいた。むつ美は、美知代が自分のグループに入るよう呼びかけなかったら、きっと教室でずっとずっとひとりだっただろう。美知代はむつ美を見るたびに、自分のやさしさをたっぷりと感じることができた。

「ほら、早くしろって」

いつのまにか、砂の載った紙を持ってくれていた壮太が美知代を急かしてくる。班のメンバーみんなが、美知代の手元を見ている。

しゃっ。

白い紙の裏側に磁石の先を近づけると、小さな音とともにその周辺にある砂が立ち上がった。

「うわ、キモッ」壮太が顔をしかめる。

「なんか、毛虫？　っぽい」

壮太の隣にいる男子たちが、立ち上がった砂の先を触ろうと指を伸ばす。それを避けるように、美知代は磁石を動かした。

「わ、逃げた。すげえ」

「でもやっぱ気持ちわりー」

男子たちがけらけらと笑う。美知代は、ゆっくりと、磁石を動かし続ける。

かさかさ。かさかさ。

砂鉄は小さな音をたてて、一粒一粒、まるで敬礼でもするかのように背筋をぴんと伸ばしていく。立ち上がった一粒のその先端はつんと尖っていて、美知代はその姿ににせものの生命力を感じた。

かさかさ。かさかさ。

紙を持っている壮太の顔が、美知代の磁石の動きと同じように動く。分厚いレンズの向こう側にあるむつ美の小さな眼球も、美知代が動かす磁石の通りに動いている。

私が動かしている。美知代はそう思った。

3

中指と親指の腹を擦《こす》り合わせる。爪でつぶせないほど小さな水疱同士が、壊れない程度にお互いを圧迫し合っているのがわかる。指の腹に点在する小さな水疱は、現れては消え現れては消え、やがてそのまま消えなくなった。

「江崎さん、メール見た？」

所長の臼木《うすき》はマウスから手を離すと、美知代を見た。

「おれこのあと本社行かなきゃいけないから、メールの件、任せていい？」

F5キーを押してしばらくすると、美知代のパソコンの画面に一通の新着メールが現れた。臼木と美知代、そして現場担当の唐木田《からきだ》に同時送信されている。美知代はメールを開く。菅陽子《すがようこ》からだ。半年と少し前あたりだろうか、菅が姫々サービスポートに見学に来たときのことを美知代はよく覚えている。菅は、この春、姫々本社の営業本部商品管理室に配属された新人だ。

姫々サービスポートは、三階より上が事務所になっている。一階と二階は壁の全てがぶち抜かれており、天井もとても高い。そこには、姫々が手掛ける商品の在庫が保管されている。

菅がサービスポートの見学に来たとき、美知代は、「菅陽子」という名前よりも、「新入社員」という名前のほうがこの子にはしっくり来るなと思った。その中身まで黒そうな髪の毛と、パソコンのペイントソフトで塗りつぶしたみたいにしわのないパンツスーツ。いつのまにか、美知代は頭の中で、この二十三歳の女の子のことを新入社員子と呼んでいた。

新入社員子は、名刺交換をするとき、「私、これが名刺交換デビューなんです」とはにかんだ。どうでもいいな、と、美知代は思った。誰かからの就職祝いなのだろう、彼女を形作るあらゆるものの中で、名刺入れだけがとても洗練されていた。

姫々株式会社、東京本社、営業本部、関東営業グループ、第二営業課、商品管理室。そのあとにやっと、菅陽子。

こすったらインクがのびてしまいそうな名刺には、そう書かれてあった。

大きなところから、どんどん細かく分けられていって、やがて小さな部屋におさまる。だから大丈夫。慣れない手つきで名刺を出し入れする新入社員子を見ながら、美知代はそう思った。あなたは姫々という会社を全て背負っていないのだから安心して、緊張しないで。私たちは結局、いくつか分けられた文節のうちのひとつになる。姿勢ひとつ崩さない新入社員子の前で、美知代はその真新しい名刺を水疱のある指の腹で撫《な》でた。大きな何かがあって、そこから伸びて伸びて伸びていく枝の先端に、ちょこんと存在している。その姿に、絶望もするし、安心もする。社会の歯車、というあまりにもよく使われているその言葉を、全く違う方法で、鮮やかに、いやらしくなく表現しているものが名刺だ。だから美知代は、人の名刺を見ることが好きだった。

臼木が椅子から立ち上がる。スーツのズボンの折り目がほとんど消えている。

臼木は、本社からサービスポートに出向している。もともとは法務や経理など管理系の部門に長くいたらしい。顎の毛穴が大きくて、昼食後の歯みがきが長い。

「この補充、今日中に発送してほしいみたいだから、倉庫と連絡とってみて」

臼木はそう言うと、掃除道具でも入っていそうなロッカーを開けて上着を取り出した。袖を通して、ホワイトボードに並んでいる自分の名札の隣に「本社」と書いている。臼木は帰社時間を明記しない。

何人かいるサービスポートの職員が、臼木に向かってまばらに「お疲れ様です」と頭を下げる。それじゃ、と、臼木が部屋を出ていくと、ふう、と、いくつかの息が重なった。

【商品補充のお願い】添付ファイルあり

新入社員子のメールは、始まりと終わりがいつも同じだ。い、と打てば「いつもお世話になっております。」、お、と打てば、「お忙しいところ申し訳ございませんが、何卒よろしくお願い致します。」。一文字打てば文章がそのまま入力されるように登録をしているのだろう。

そういうのって、わかるよね。以前、携帯で会社からのメールを確認しながら、由加がそう言っていた。丁寧な言葉づかいでも、結局、一文字分しかこもってないっていうか。何がこもってないかとか、なんかよくわかんないけどさ、え、もしかしてそんなこと気にしてんの私だけ？

添付されているエクセルのファイルを、デスクトップにダウンロードする。エクセルの縦軸には、新入社員子が担当している地域の店舗名がずらりと並んでいる。横軸には、どの商品をどれくらい補充するのか、その個数が書かれている。

遅くなってしまい申し訳ございません。本日中の発送をよろしくお願い致します。よろしくお願い致します。この言葉は、決して、下の立場から何かを懇願するようなニュアンスではない。もうすでに決まったことを、決まったようにやらせるための強制の言葉だ。

時刻はもう十六時近い。いまから急いで作業をすれば、最後の発送に間に合うかもしれない。商品に同梱する伝票を印刷するため、美知代はデスクから立ち上がる。

コピーとファクスが一緒になっている複合機の隣に置いてあるラックには、いろんな紙や冊子が入っている。姫々の商品PRのチラシ、社員専用の診療所のスケジュール、年末年始の休暇に向けた保養施設利用の案内、全ページカラーの社内報。

コピー機から、伝票が次々と出てくる。商品を補充する全店舗分の伝票を印刷し終わるには、ある程度時間がかかる。

ラックの中にある社内報の表紙が、コピー機の振動に合わせて細かく震えている。表紙で笑っているのは、地下鉄のディスプレイで見た新商品のPR映像に出ていた女優だ。女に恐いものは何もない。ネット上で話題になった商品のキャッチコピーを考えたという宣伝部の女性が、その女優にインタビューをしているページがあるらしい。

この会社の社内報には、社員が自社商品の広告に起用されている芸能人にインタビューをしているページがほぼ必ずある。美知代は、そのページが一番嫌いだ。社員と芸能人が一緒に収まっている写真など特に虫唾《むしず》が走る。別のステージで生きていることは誰の目にも明らかな二人が、その事実を笑顔で揉み消し、同じ地平に立っているような雰囲気を漂わせる。全員で手をつないで嘘をついていて、気味が悪い。

コピー機から出てくる伝票のリズムが、自分の鼓動と重なる。ファミリアの会報には、つかさ様と私たちしか出てこない。誰も、自分はつかさ様と同じ地平に立っているなんて考えていない。その潔さの方が、美知代には健全に思えた。

倉庫のあるフロアに向かうため、美知代は、空気の冷えた階段を下りていく。もうあと三十分もすれば、窓の外は真っ暗になってしまうだろう。

今日の夜は雨が降る。朝の天気予報でそう聞いた。雨になる前に、ファミリアが集まるあの店に着けるだろうか。

美知代の頭の中を地下鉄が巡る。海闊劇場の最寄駅、そのA5出口。そこに、そっと、磁石を近づける。圭子と由加の形をした砂鉄が、ざっ、と、その場に立ち上がる。

二階の倉庫の扉を開けると、倉庫現場のリーダーを務める唐木田が何人かの部下と共に段ボールを組み立てる作業をしている姿が見えた。一階、二階、どちらの倉庫にいるのかわからないので、内線電話があっても結局、こうして倉庫まで足を運ばなければならない。

「唐木田さん」

美知代が声をかけると、唐木田がこちらを向いた。

「これから追加お願いしても、発送間に合いますか」

「数どのくらい？　どの商品？」唐木田はまず、状況を判断するために必要最低限の情報を聞き出す。

「数はそんなにないです、ハッキリとした数は戻らないとわからないんですけど、もう発売してかなり経ってるものなので」美知代はそう答えながら、添付されていた表の詳細を思い出そうとする。「本日中の発送を希望してるみたいなんですけど、どうですか」

「わかった。伝票と送り状、できるだけ早めに」

わかりました、と美知代が答える。この会話を、一日に、何度かする。美知代の仕事に必要な会話は、その程度だ。

新入社員子から送られてくる追加補充の一覧表をもとに、美知代が伝票と送り状を作る。唐木田はその伝票の通りに商品を梱包し、発送をする。

サービスポートというカタカナ七文字の名前の裏に隠されていた仕事は、伝票、梱包、発送、倉庫、在庫管理と、すべて漢字で書き表すようなことばかりだった。広告デザイン、宣伝コピー、クライアント、プレゼン、カタカナで表される仕事の全ては、漢字二文字の本社にある。

事務所のあるフロアに戻ると、フロアを出る前と比べて、ものの配置も、従業員の姿勢も何も変わっていなかった。臼木がいないので、美知代は堂々と携帯を取り出す。ラインにいくつかメッセージが溜まっている。

きっと、ファミリアたちからだろう。そうわかっていながら、美知代はそのメッセージをまだ読まない。今日は退勤後、ファミリアで集まって、次の会報と総鑑賞日に関する打ち合わせをする予定になっている。「美知代の仕事が終わるのみんなで待ってるから」圭子は太い手首に巻かれた細い腕時計を触りながら、いつもそう言ってくれる。

姫々で働いている忙しい美知代は、メッセージをすぐに既読にするわけにはいかない。

静かになったコピー機の排出トレイには、真っ白い伝票が束になっている。時刻は十六時半。発送業者の最後の回収まで、あと一時間もない。新入社員子の補充依頼のメールはいつも遅い。見学に来たとき、唐木田の梱包作業を見ながら「すごーい、速い」と両手を合わせていたあの姿を、美知代は咳払いをすることで脳内から追い出した。

地下鉄の駅を出ると、冬の夜の風が美知代の顔を叩いた。女子大生みたいな若い女性ばかりに赤いポケットティッシュを配っている男は、美知代にはその手を伸ばさなかった。

手袋をした手でドアノブを握る。密着していた空気から剥《は》がれるような感触とともに、重いドアが開く。テーブルが広くてコンセントが使えるこの喫茶店は、ファミリアの会合に重宝している。

「あ、きたきた」

ぬっと首を伸ばした圭子が、こちらに向かって手を振る。家を出るときにスプレーで浮かせたのだろう髪の毛が、もうすっかり寝てしまっている。

「ごはんは？　私たちはもう食べたけど」

ハイ、と、由加が美知代に向かってメニューを開いた。圭子と由加の前には、メニューの代わりにノートや会報のコピーが拡げられている。

パスタを頼むと、美知代は自分のてのひらにハンドクリームを塗り込んだ。クリームの脂で、水疱がまるできれいなもののように見える。

「ライン読んだ？」

由加が頬杖をつきながら言う。事務処理能力には自信があると言い張る由加は、残業をしないことがポリシーらしい。

「ごめん、見てなかった。今日忙しくて」

「あ〜」圭子が納得の表情をする。あの姫々の社員だもんねえ、という声が聞こえてきたような気がしたけれど、圭子の口はそれ以上は動いていない。

「後輩の仕事が遅くて。私が尻拭いしなきゃいけないんだから」

「美知代、後輩のお尻きれいに拭いそうだよねえ」

「なにそのトイレみたいな言い方」やだあ、と、圭子が由加の肩を撫でるようにして笑った。

圭子のてのひらは焼きたてのパンみたいにふっくらとしている。季節が変わるごとにダイエットしなきゃダイエットしなきゃと繰り返しているが、美知代の目には少しずつ少しずつ太り続けているように見える。

「何だった？ライン」

お冷やを飲みながら、美知代はやっとラインのアイコンをタップした。積もり積もっていたもどかしさが、あっという間に解き放たれていく。

「飯島さんの友達で、総鑑賞日の前にぜひファミリアに入りたいって子がいるらしくてね」由加はホットコーヒーを、圭子はラム酒付きのココアを飲んでいる。「飯島さん、今日、その子とご飯食べてるんだって。ちょうど近くにいるし、そのあとここに連れてくるみたい。美知代に挨拶したいらしいよ」

そうなんだ、と、適当に相槌を打ちながら、美知代は運ばれてきたパスタを自分のほうへと引き寄せた。古くからファミリアのメンバーである飯島がこうして新しい会員を連れてくるのは、もう二度目、三度目のことではない。

「飯島さん、総鑑賞日のとき、いい席用意してあげなきゃだね」

ファミリアに新しいメンバーを連れてくると、ファミリア内の貢献ポイントが五ポイント追加される。そうやって溜まっていく貢献ポイントによって、美知代たち幹部から配られる公演のチケットは、よりいい席になっていく。ファミリアのメンバーにどんな席を割り当てるのか考えるのも、美知代たち幹部グループ「家」の大切な仕事だ。

「そういえば、総鑑賞日のアイテムだけどさ、いつもどおり家服《いえふく》ってことでいいよね？」

「大丈夫だと思う」

圭子が同意すると、由加は拡げられたノートに「アイテム：家服」と書いた。どうせいつもそうなのだからメモをするまでもない、と思ったけれど、よく見るとノートにはいくつか候補のようなものが書いてあった。私のいないところで家服以外をアイテムにしようとしていたのか、と、美知代はお冷やの氷をひっそりと嚙《か》み砕く。

由加は字がきれいだ。圭子は子どもみたいな字を書く。

つかさ様が出演する公演期間中に一度は、ファミリア全員でその舞台を鑑賞する総鑑賞日というものが設けられる。東京近郊に住んでいるメンバーはほぼ全員参加するような大きなイベントだ。そのときまでに前回の総鑑賞日のようすや、今回の公演のチェックポイントをまとめた会報を作成しておくのも、幹部グループ「家」の役割のひとつだ。

総鑑賞日には、ファミリア全員で何か共通のアイテムを身に付けることが昔からの決まりになっている。美知代が「家」のメンバーになってからは、そのアイテムを、「家服」と呼ばれる決まった衣装に統一してきた。やはり、デザインが統一されている家服を着たほうが、つかさ様もファミリアに気づきやすいはずだ。

総鑑賞日に参加するためには、「家」から家服を購入しなければならない。そのお金はファミリアの運営費にまわされる。

美知代が「家」のトップに就任した年、家服を明るい黄色のものに刷新した。劇場の椅子の色、そして他のファンクラブの服の色と被らない新しい家服は、つかさ様にも好評だ。

「それじゃ、まずあれだね、公演のチェックポイントまとめよっか」

美知代はそう言うと、スプーンとフォークを使い、アスパラとベーコンのクリームペンネを食べ始めた。総鑑賞日に配る会報に掲載する情報の中で、公演のチェックポイントはとても大切な項目だ。上手《かみて》、下手《しもて》、中央、つかさ様の見せ場がステージのどの場所で行われるのかを把握しておけば、ファミリアにチケットの配分をするときの参考にもなる。

「今回はやっぱり、最後の見せ場のソロが上手側でしょ。だから、席も上手側にまとめてみました」

美知代に業務の報告をするとき、圭子は敬語になる。

「他の出演部分はそこまで上手に偏っていないんですが、やはり見せ場のことを考えると上手かな、と。拍手のタイミングはこちらにまとめました」

圭子がテーブルの上にもう一枚紙を拡げる。つかさ様が歌い、踊る曲目、舞台を上手から下手に移動するタイミング、袖へはけていくタイミング、全てがその紙には書かれている。ソロ歌唱のあとはもちろん、いろんなシーンのあとには「拍手」という文字がある。

「私も一緒にチェックしたから、問題はないと思うんだよね」

由加が赤いボールペンのノック部分で、圭子のまるい文字をなぞっていく。美知代はくちびるについたクリームソースを舐《な》めとると、わざと間を置いてから口を開いた。

「……うん、いいんじゃないかな」

フォークとスプーンをゆっくりと置く。カチャ、という音の上に、圭子の安堵のため息がかぶさる。

「でもここ、ここだけ気になるかな」

美知代は由加から赤いボールペンを受け取ると、ある部分をマルで囲んだ。主演の女優とつかさ様が向かい合い、お互いの気持ちを歌でぶつけ合うシーンだ。

「この曲、歌い終わりがつかさ様じゃないじゃない？　この場合、誰のための拍手なのかわかりにくいと思うのよ。どうしてもこの歌に拍手を送りたいなら、相手の女優のファンクラブの人たちに確認したほうがいいかもね」

それくらいかな、と、紙を圭子のほうに戻すと、由加がハアとため息をついた。

「やっぱすごいね美知代は」薄い唇をお冷やのグラスにつけて、由加が続ける。「歌い終わりがどちらかなんて、私、覚えきれてなかった」

「美知代の詳しさ、ほんとすごい」

由加も圭子も、美知代が書いた赤いマルを眺めている。

美知代には、赤いマルが書かれた部分、その裏側に添えられている磁石が見えた気がした。

「……こうやってたくさん舞台やってるけどさ」美知代は、頭の中の磁石を動かす。「つかさ様は、舞台をはじめたもともとの目標、果たせたのかなって思う、最近」

「目標？」案の定、圭子が聞き返してきた。

「ほら、最近、夢組でつかさ様と同期だった人が引退会見したじゃない」うん、と、由加と圭子が揃って頷く。近頃のワイドショーは、その引退会見でもちきりだ。「その人が言ってたのよ。演技を始めたときの目標が叶えられたから悔いはないって。それ聞いてたら、つかさ様はどうなんだろうと思っちゃって」

ふうん、と納得したように頷きながら、由加が続けた。

「ていうか、つかさ様の目標って何だっけ？　私、あんま知らないかも」

そういうの話すタイプじゃないよね、と、由加が圭子に同意を促している。美知代は、きっと誰も読んだことがないであろう古い雑誌のインタビュー記事を思い出しながら話し始めた。

「すごくいい話なんだよ、子どものころの幼馴染《おさななじみ》との話で」

美知代が何か話すたびに、頭の中の磁石が動く。圭子も由加も他のファミリアたちも、美知代が思ったとおりに動く。

「……その話、私、はじめて聞いたかも。何の雑誌に載ってるインタビュー？」圭子の質問を、美知代はさり気なくはぐらかす。「独特な感性だよね、やっぱり。もともと舞台に上がるべき人だったって感じ」雑誌の具体名を挙げれば、圭子はすぐにそれを手に入れようとするだろう。せっかくの珍しい知識を分け与えたくはない。

そうなんだあ、と圭子が甘いため息をついたとき、由加がパッと目を開いた。

「もうすぐ着くって。飯島《いいじま》さんと新しい子」

ふと気づくと、ラインのアイコンの上にまた、数字が載っかっている。「あ、私、返事しとくよ」圭子が慣れた手つきでメッセージを打ち込んでいる。「うれしいよね、新しくファミリアが増えるなんて。いま入ってくれたら総鑑賞日にも参加できるし」

圭子が、両手で持ったスマホを顎のあたりに持っていく。二重顎を隠しているピンク色のケースの裏側には、つかさ様の写真が貼られている。

先週、ふたりのファミリアが退会した。その前の週は、ひとり。

つかさ様は、もともと所属していた劇団を卒業してから、主に舞台で活躍している。テレビドラマや映画やCMや、そういうところにはあまり出てこない。スタッフやつかさ様本人が更新している公式ブログの更新頻度は、最近、徐々に減ってきている。

「いらっしゃいませ」

喫茶店のドアが開いて、ウェイトレスの高い声がした。

「あ、飯島さん」

圭子が、肉に覆《おお》われているまるい背中をぴっと伸ばした。飯島が、閉じた傘を巻きながらこちらに歩いてくる。雨が降り始めているようだ。

その後ろに、女性の姿が見える。美知代はお冷やを口に含んだ。

「はじめまして」

飯島のコートのファーの向こう側から、ショートカットの女性の顔がひょこっと現れた。

美知代はそのとき、全身の血液の流れが止まったような気がした。

その女性が、何か自己紹介をしながらぺこりと頭を下げている映像が目の前で流れている。けれど、音声が耳の中に入ってこない。

「……飯島ちゃんとは中学の同級生で、そのころから飯島ちゃんに演劇のこと色々教えてもらって」

声が少しずつ耳の中に流れ込んでくる。テーブルにべったりと貼《は》りついてしまったかのような腕に、必死に力を込める。

「飯島ちゃんみたいに、アッキーとか、アキって呼んでもらえればって思います。これからよろしくお願いします」

女性がそう言って顔を上げたとき、やっと動いた美知代の腕が、お冷やの入ったグラスを倒した。

アッキーとか、アキって呼んでもらえればって思います。

アキって。

アキ。

何で。

「何してんのよ美知代、もう」

疲れてんじゃないの、と、由加が拡《ひろ》がっていく氷水を紙ナプキンでせき止めようとしてくれる。冷たい水が、美知代のロングスカートをじわじわと濡らしていく。みんながバッグからティッシュやハンカチを取り出そうとしてくれている。

「あ、これ使ってください」

その中で、一番早く手を差し伸べてきたのはアキだった。アキの手には、赤いフィルムに包まれているポケットティッシュが握られている。

これは、さっき、地下鉄の駅を出たところで配られていたものだ。私は、もらえなかった。

「……あれ？　美知代ちゃん？」

美知代と目が合ったアキが、くちびるを開いた。

4

6年B組31番、尾上《おのうえ》愛季《あき》。フルーツゼリーのようにぴかぴか光る教科書の裏表紙、そこに書かれた文字がとてもきれいだった。

「字、うまいね」

後ろから美知代が声をかけると、「あっ」と、愛季は肩を弾ませた。そして、恥ずかしそうにこちらを振り返る。

「これでアキって読むの？」

美知代がそう言うと、愛季は「うん、そう」と慌ててサインペンにキャップをした。美知代の取り巻きのうちのひとりが「なんか大人が書いた字みたい」と、愛季の真新しい教科書に顔を近づけている。愛季は、他人からじっと見られている中で文字を書くことを恥ずかしいと感じたのか、自分の腕でさりげなくその文字を隠した。

昼休みの教室には、給食のにおいが残っている。五十嵐壮太を含む男子のほとんどは校庭に遊びに出てしまっているので、教室にいるのは美知代とその取り巻きたち、食缶の片づけをしている給食当番の数名ほどだけだ。

愛季の書く文字は、まるで先生や母親が書いたみたいにきれいだった。汚れや折り目の全くついていない教科書は、まるで鏡のように、教室の蛍光灯の光をぱちんと弾き返している。

壮太たちが心待ちにしていた転校生は、女子だった。尾上愛季です、と自己紹介をしたとき、壮太がつまらなそうに頬杖をついたのを、美知代はしっかりと確認した。

「……江崎さんて、学級委員なんだよね」

小動物のように声を震わせると、愛季は美知代のことを見た。

じゅわ、と心臓が濡れる音が、美知代には聞こえた。

「だからってこうやって話しかけてるわけじゃないよ」

美知代が愛季に向かってそう言うと、美知代の取り巻きは「マンガだとそういうのよくあるもんね」と楽しそうに笑い合った。

「これからよろしくね」

理科の実験中でも、合唱の練習中でも、みんな、どこかでB組にやってくる転校生のことを気にしていた。壮太は少年野球チームに入ってくれるような男子を望んでいたみたいだし、いま牛乳を片づけているむつ美は、もしかしたら自分と友達になってくれるような子が現れることを期待していたかもしれない。

愛季は、そのどちらとも違った。美知代は愛季の小さな顔をじっくりと観察する。銀色の食缶がガチャガチャと音を立てている。フランスパンと牛乳、豆をたくさん使ったスープのにおいが混ざる。

他の給食当番が二人でひとつの食缶を運んでいる中、むつ美はひとりで牛乳パックを片づけていた。黄色いカゴの中に、みんなが各自たたんだ牛乳パックがぎっしりと詰め込まれている。クラスの中には、飲み残しをきちんと処理していない子もいるので、カゴを傾けると牛乳がこぼれてくることもある。

白い三角巾《さんかくきん》からもしゃもしゃと飛び出しているむつ美の天然パーマが、美知代にはとても不潔なものに見えた。

今日の朝、はじめの会にて、転校生の尾上愛季は先生に誘導されて黒板の前に立った。それこそマンガみたいに黒板に名前を書かれるようなことはなかったけれど、みんなの前で自己紹介をさせられていた。愛季は小さな声で自分の名前を言うと、よろしくお願いします、程度の短い挨拶をした。いつもは何かと囃《はや》し立てる壮太も、このときは何も言わなかった。

みんな、あの瞬間だけでわかった。

愛季は間違いなく、このクラスの誰よりもかわいい。

美知代は愛季がみんなの前に立っているそのあいだ、頭の中の磁石をゆっくりと動かしていた。愛季の顔から、もっと下へ、下へ、靴下のあたりへ。愛季の履いている靴下のふくらはぎのあたり、その外側についているリボンに、頭の中の磁石を設置した。そうすると、あの理科室にある砂鉄の一粒一粒が、愛季の履《は》いている靴下のリボンの方を向いた気がした。

「愛季って、珍しい字だね。かわいくて私は好き」

美知代はそう微笑みかけると、愛季の隣の席に腰かけた。取り巻きたちは、美知代の座っている席にもたれるようにして立っている。

「転校って、やっぱ緊張する？」

「うん、ちょっと」と愛季は親指とひとさし指で何かをつまむような仕草をした。その姿がどうしてもかわいくて、美知代は思わずまた、靴下のリボンに目線を落とした。

愛季は、オ、から始まる名字なのに、最後の出席番号を与えられている。まだこのクラスの列の中にはきちんと組み込まれていない。

「でもよかったね、今日転校してきて。ぎりぎりセーフって感じ」

取り巻きのひとりがそう言うと、愛季が不安そうな表情で顔を上げた。

「ぎりぎりセーフ？」

「今日の午後、修学旅行の班決めするんだよ」

美知代が取り巻きの言葉を引き取ると、愛季の表情はさらに曇《くも》った。美知代は、少し多めに息を吸い込む。

「大丈夫だよ」

眉が下がってしまっている愛季の顔に、自分の顔を少し近づける。

「私たちと友達になろ。修学旅行も、同じ班ね」

ね、と、美知代の取り巻きも頷く。愛季はほっとしたように表情をやわらげると、サインペンのキャップを外した。

長引くと思われていた修学旅行の班決めは、五時間目の前半で終わった。男子よりも女子のほうが早く決まったことに、先生も驚いていたくらいだった。五人で一グループを作らなければならないため、いつも六人で遊んでいる壮太のグループが最後までもめていた。

「それじゃあ、いまから班のメンバーで固まって座ってもらいます。んーと、あっちから、男子一班、男子二班、男子三班、いま木下君が座っているあたりから、女子一班、女子二班、女子三班ね。はい移動して」

女子一班になった美知代も、他のクラスメイトと同じように席を移動する。美知代が席に着くと、まずはいつもの取り巻きふたりがやってくる。ふたりとも、美知代と同じ筆箱、色ペンを持っている。そのあと、遠慮がちにやってきた愛季が、同じ班に誘った美知代に「ありがとう」とお礼を言った。他の班の女子たちが、男子たちが、ちらちらとこちらを見ているのがわかる。

クラスで一番かわいい尾上愛季の隣に、クラスで一番かわいくない明元むつ美が座っている。

むつ美がどの班に入るのか、言葉には出さないけれど、きっとみんな気にしていた。今日のこの時間までに、みんな、ある程度は「同じ班になろうね」と約束をしているものだ。しかし、むつ美にはそんな話ができる友達はいない。

美知代はそれをわかったうえで、話し合いが始まるやいなや、クラスのみんなの前でむつ美を誘った。うつむいていたむつ美がパッと顔を上げたとき、美知代は、教室のみんなの視線が自分に集まっていることをびりびりと痺《しび》れるほどに感じていた。

これで、班決めがスムーズに終わる。あのとき、女子は全員、美知代に感謝したはずだ。

「学級委員、いい子ぶってんなよー」

「男子も早く決めなよ」

囃し立ててくる壮太を一蹴して、「ね」と美知代はむつ美に微笑みかけた。むつ美のめがねのレンズの内側に、うねっている前髪の先端が入り込んでいた。

このメンバーで自由行動をする。ホテルに泊まる。修学旅行の班は、とてもとても大切だ。

「それじゃあ、各班、しおりの担当ページを作り始めてください。図書室に資料探しに行ってもいいけど、うるさくしないように。自由行動の内容をどうするかも、少しずつ考え始めておいてね」

先生がそう言うと、ガタガタと何人かが立ち上がり、図書室へと移動し始めた。修学旅行の行先は、京都と奈良だ。そこにある世界遺産や名所について、各班、二ヵ所ずつ紹介ページを作成しなくてはならない。

壮太のグループが、がやがやとじゃれあいながら教室から出ていこうとする。図書室に行ったとしても、彼らは大人しく資料探しなんてしないだろう。

「図書室で何する」「あれやろうぜ、スリッパ投げ」女子一班のあたりを通り過ぎるとき、壮太の取り巻きである木下がわかりやすく舌打ちをした。木下の机には、いま、むつ美が座っている。

「……じゃあ私たちは」

美知代は、気を取り直すように女子一班のメンバーを見直す。

「自由行動について決める人と、しおりのページ作る人とで分かれない？」

じっと俯《うつむ》いているむつ美含め、メンバー全員が頷いたことを美知代は確認する。

「じゃあ、私と愛季ちゃんでしおりのページ作るから、図書室行ってくるね」

行こ、と美知代が席を立つと、慌てて愛季も席を立った。「わかった、美知代ちゃんよろしくー」取り巻きはそう言うだけで、特にむつ美と話そうとしない。「何持ってく、修学旅行」「トランプうちにかわいいのあるよ」ふたりは、むつ美はいないものとしてぺちゃくちゃとおしゃべりを始める。いま、クラス内の女子では大富豪と呼ばれるトランプ遊びが流行《はや》っている。修学旅行の夜も、部屋に集まってみんなでやろうねと女子は約束している。

よかったね、私がいて。

美知代は、額が机にくっつきそうになっているむつ美の後ろ姿を見ながら、教室のドアを閉めた。

「図書室はね、三階の端《はし》っこにあるんだよ。ついでにいろいろ案内してあげる」

愛季は、美知代のすぐ後ろを歩く。廊下の前の方では、さっき教室から出ていった壮太が後ろから友達の背中をぼかぼかと殴っている。「いってえな！」「昼休みのお返しー！」美知代は、飛び跳ねるようにして笑う壮太の姿を見つめる。

窓が開けられた五月の廊下は、風が入り込んできてとても涼しい。

「その指、どうしたの？」

斜め後ろから、愛季の声がした。振り返ると、愛季のぱっちりとした目が美知代の左手の中指を捉えていた。

「ああ、これ」美知代はわかりやすくため息をついた。「昨日の体育ね、ポートボールだったんだけど、壮太君が本気でボール投げてきて、突き指しちゃったんだ」

「ええっ」

愛季は、まるで自分が突き指をしたかのように顔をしかめた。

「痛そう、大丈夫？」

「まあでも、アイツ謝ってくれたからいいんだけどね」

壮太に聞こえないくらいの声で、美知代はそう言ってみる。アイツ、という初めて使ってみた言葉が自分の耳に返ってきて、一瞬、かっと体温が上がった。

「仲いいんだね」

風が吹いて、愛季の髪の毛が揺れた。

かわいい。私より、断然。

「……私、クラス合唱の伴奏なんだけどさ」

廊下を曲がると階段がある。階段をのぼりながら、美知代は話し始めた。

「突き指しちゃって、ピアノが弾けなくなって困ってるの。私の他にピアノ弾ける子いないからさ、明日の朝の歌、どうしよう」

愛季は、美知代の一段下にいる。

「楽譜、ある？」

愛季の高い声が階段に響く。

「ピアノ、私も習ってたよ。今日楽譜もらえたら、明日までに弾けるようにしてくる」

愛季が、風に揺れる髪を耳にかける。

美知代は思わずまた、愛季の履いている靴下のリボンに目線を落とした。

愛季はとてもかわいい。髪の毛もつやつやで、目もぱっちりと大きくて、着ているシャツにはシワひとつない。

「すごいね、美知代ちゃん。学級委員もやってるし、伴奏もやってるんだね」

美知代は愛季の右足を見る。ふくらはぎのあたりを見る。靴下のリボンが、取れかけている。

唯一の綻び。

あの裏側に磁石を置いて、世界の砂鉄がみんなあそこに向かって立ち上がればいいと、美知代は思った。

ずっとずっと、そう思っていた。

5

満員御礼。

海闊劇場は、満員になるとロビーの入り口にそう書かれた札を立てる。

「発注したときは間に合うって言われたの、でもね、今日発送されたみたいで……」

新しく加入したファミリア一人分、家服の調達が間に合わなかったのは圭子のせいというわけではない。しかし圭子はすごく責任を感じているようで、先程から美知代の周りをうろうろ歩き回っている。

「一着だけだともったいないし、まとめていくつか発注したの。そしたら私、発送日と納品日を勘違いしちゃってたみたいで、それで」

「うん、わかったって」

必死に謝る圭子を前にすると、美知代はなぜだか、よりそっけない態度をとってみたくなる。圭子の短い首は、象の鼻のように肉感があり、皺《しわ》が集まっている。そんな首が申し訳なさそうに動くようすを、美知代はもっと見たいと思ってしまう。リーダーにとってはどうでもいいことで必死に謝る構成員、という画は、ないよりはあったほうがいいだろう。

「でも珍しいね、圭子がこんなミスするなんてさ」

由加の言葉に、圭子はますますしゅんとなる。どの劇場、どんな座席でも抜群に映える黄色い家服をまとった圭子が落ち込む姿は、なんだかとっても幼く見えた。

満員の海闊劇場では、多くの人が慌《あわ》ただしく動いている。そんな劇場の一角を、黄色い服を着たファミリアたちが埋め尽くしている。総鑑賞日に参加するファミリアは、定められた黄色い服、通称「家服」を身に付けなければならない。つかさ様がステージから観客席を眺めたときに、美知代たちファミリアが唯一の太陽となり、つかさ様を照らし出さなければならないからだ。

自分の座席に座っているファミリアたちは、バッグからオペラグラスを取り出したり、美知代たち「家」が作成した会報を見ながら拍手のタイミングを確認したりと、それぞれに忙しそうだ。ファミリアたちがみんな座席についてやっと、美知代たち幹部は落ち着くことができる。由加は、さっきロビーで購入したパンフレットやラックから全種類取ってきたチラシの束をきれいにまとめている。由加はつかさ様に関する文字の情報をじっくりと読み込む。圭子はつかさ様の写真をうっとりと眺めていることが多い。

満員御礼。ロビーの入り口に置いてあった札。美知代は、そこに書かれていた文字の美しい形を思い出す。

土曜の夜、かつ、終演後にキャストのトークショーが行われる今日は、満員御礼になることは確実だと予想されていた。総鑑賞日は、ファミリアが参加しやすい休日の夜、そして今回みたいに、トークショーのように何かイベントが行われる日に設定されることが多い。ファミリアたちは、美知代たち幹部がメンバーそれぞれの貢献ポイントによって割り振った座席に座る。ファミリアにとって、渡された座席がどの位置なのかということは、自分の頑張りに対する客観的な評価を知る上でとても大切な情報となる。

「開演十分前です。お席をお立ちのお客様は、お早めにお席にお戻りください。開演十分前です」

女性の声で場内アナウンスが流れる。そのとき、真っ黄色の集団の中から、ライトグリーンのカラーパンツがすっくと立ち上がった。

「私、やっぱ今のうちにトイレ行ってくる」

黄色の中で、ライトグリーンは馴染みそうで馴染まない。

「急いだ方がいいよ、アキ。あとちょっとで始まるっぽい」

小声でそう伝える飯島に手を振ると、アキは、連なって座っているファミリアの足を器用にまたぎ、化粧室のある方向へと歩いていった。アキが一歩踏み出すそのたびに、細い首に巻かれているストールの端が揺れる。

美知代は、あのストールに磁石がついているように見えた。

ウエストの締まった白いシャツにストレッチ性のあるカラーパンツ、小さい花がちりばめられた柄のレモンイエローのストール。七センチはあるだろうヒールにより、ふくらはぎの筋肉がうっすらと盛り上がっているのがわかる。

「……てる」

満員の劇場は、開演を心待ちにする客のざわめきで満たされている。その中でも、なぜだか、きちんと耳に届いてしまう言葉がある。

「やっぱり似てるよ、あの子」

ファミリアの誰がそうつぶやいたのかはわからない。だけど、ファミリアがみんなアキの後ろ姿を見ていることは、美知代も、圭子も、由加も、誰の目にも明らかだった。

かさかさ。

頭の中で響いた音を、美知代はかき消す。

「……やっぱ、家服じゃないと目立つね」

美知代が独り言にしては大きな声でそう言うと、圭子が一瞬、こちらを見た。

「ごめんね」

申し訳なさそうな顔をしながら、劇場のスタッフから借りたブランケットを胸のあたりにまで持ち上げた。

あと五分で開演だ。

アキは今、ファミリアの中でひとりだけ家服を着ていない。家服の管理は圭子が担当しているのだが、在庫を切らしてしまったタイミングで総鑑賞日が訪れてしまった。圭子はまず美知代に謝り、由加に謝り、アキに謝り、なぜか飯島にまで謝っていた。幹部の中で一番キャリアが浅いことを気にしているのはわかるが、ただのファミリアにそこまで遜《へりくだ》ってしまうのは「家」にとってはよくない。あとから一言注意をしなければ、と、美知代は思った。

「開演五分前です。お席をお立ちのお客様は、お早めにお席へお戻りください。開演五分前です」

立ち歩いていた客が、吸い込まれるようにして自分の席へと戻り始める。どの客も、美知代たちファミリアが集まっているあたりをちらりと見ては、一緒にいる人に何か小声で話しかけている。

あの人たちの誰よりもつかさ様に詳しくて、つかさ様のためになっているのはここにいるファミリアだ。美知代は、自分の家服を見つめる。

卵黄の断面のように輝く黄色。誰から見ても、つかさ様のファミリアの一員だとわかる家服。

その家服を着ている中のトップが自分なのだから、自分が一番、つかさ様のためになっているはずだ。

美知代は目を閉じる。見たくないものがあれば目を閉じればいい。だけど、聞きたくない声があっても、耳を閉じることはできない。

化粧室に近いドアが開いた。ハンカチを折りたたみながら、アキが自分の座席へと帰ってくる。

やっぱり似てるよ、あの子。

総鑑賞日ともなると、いつもよりも盛大な入り待ちをするために、ファミリアは開演時間の二時間ほど前に集合することになっている。まとめて購入しておいたチケットを貢献ポイントに応じて配ったり、各自家服に着替えたりと、早めに集合したとしてもなんだかんだ入り待ちの態勢が落ち着くまでに時間がかかるのだ。

アキは、集合時間に少し遅れて来た。駅のトイレが混んでいたという。

「美知代ちゃん」

アキは人懐っこい笑顔でそう言うと、レモンイエローのストールをひょいとつまんで言った。

「家服の代わりにはならないかもしれないけど、一応、黄色は身に付けたほうがいいのかなって思って」

アキの声はよく通る。「ああ、そう」と、美知代は軽く受け流そうとしたけれど、その時点ですでに、そこにいたファミリアが皆、アキのことを見ていた。

「美知代ちゃん」

美知代ちゃん。

「これって、どこに並べばチケットもらえるの……あっ」

アキは飯島を見つけると、パッと顔を輝かせ、そちらへ歩いていってしまった。チケットを配る由加の前にはファミリアの列ができており、その中にアキの友人である飯島もいる。

レモンイエローのストールが、アキの胸のあたりで揺れている。飯島以外のファミリアはみんな、このとき初めてアキのことを見ている。

ファミリアのほとんどは、まだ、アキのことを見たはずだ。

アキが動くと、ファミリアの目も動く。そのようすを、美知代はじっと見つめる。まばたきをしないでそのまま見つめ続けていると、やがてアキが磁石に、まわりのファミリアが黒い砂鉄に形を変えたような気がした。

あの日のことを思い出す。

あの子が転校してきた日のこと。あの子は教壇の前に立っただけで、教室の中にいる全ての人の目を奪った。あの子が自己紹介をしているあいだ、五十嵐壮太でさえ黙っていたのだ。

かさかさ、という音の中で、胸が痛む。

ショートカット、人よりも長い首。女性にしては太く、きっと歌がうまいだろうと予想されるような声。しっかりとしているのに悪目立ちしていない眉、細い足首。

美知代ちゃん。みっちゃん。江崎さん。

小学校のあの教室の中で、あの子は私のことを何と呼んでいたのだろう。

約二十年ぶりに目の前に現れたアキは、つかさ様にあまりにもよく似ていた。

キャストのトークショーが終わった途端、ファミリアたちは急いで海闊劇場の外へと出て行く。誰と競っているわけでもないのに、何かに出し抜かれることを怖がるように、真っ先に出待ちができるスペースへと向かう。

吐く息が白い。今日もつかさ様の歌声が一番すばらしかった。

「今日はつかさ様がプレゼントを直接受け取ってくださいます。スムーズにお渡しできるように、準備をしておいてください」

よく通る美知代の声に、通行人が一瞬、振り返る。コートの下に同じ服を着て四列に並んでいるファミリアたちは、終演後、化粧を直してもいない。涙がこぼれた跡も、ハンカチで押さえた目もそのままだ。風に吹かれて乱れる髪だって、誰も気にしていない。

ファミリアはひとつの個体としてつかさ様の目に映る。だからこれでいい。

総鑑賞日の日程は、つかさ様のマネージャーに前もって伝えてある。総鑑賞日だけは、滅多なことがない限り、つかさ様がファミリアから直接プレゼントを受け取ってくれるのだ。それどころか、スケジュールに余裕があるときは、ファミリアひとりひとりと会話をしてくれたり、特別につかさ様からファミリアへ何かプレゼントをくれるときだってある。今年の春の総鑑賞日のときは、全員にチョコレートをくださった。荷物の中に紛れていたのか、そのチョコレートは少し溶けていて、形が崩れていいた。圭子は、楽屋の暖房が効きすぎてたのかな、寒がりだからカイロとかで溶けちゃったのかな、と、小さなチョコレートひとつから限界まで情報を引き出そうとしていた。

「美知代さん」

ファミリアのうちのひとりが、美知代に声をかけてきた。彼女の手には、美知代たち「家」のメンバーが作った会報が握られている。

「今回の拍手のタイミング、本当に素晴らしかった」美知代より二十歳は年上だろう彼女は、鼻の穴を膨《ふく》らませて言った。「舞台を邪魔することもないし、でもきっとつかさ様が拍手を欲しいと思うタイミングで」

ほんとほんと、と、近くにいたファミリアが手袋をしたてのひらを合わせる。

「どの公演も、すごく研究してらっしゃるのね」

彼女は美知代が加入する前からファミリアの一員だったが、すぐに美知代の知識の多さに気づき、美知代を「家」のメンバーに推薦しつづけてくれた。彼女曰く、美知代はつかさ様のこと、そしてつかさ様に関わる人すべてのことをよく知っていて、特に信頼できる「家」らしい。彼女はファミリアのルールに厳しく、ルールを破るようなメンバーがいると厳しく糾弾する。

そして彼女は、圭子が「家」のメンバーに選ばれたとき、最も分かり易《やす》く反発したうちのひとりだった。彼女を「あなたの気持ちもわかります。ですが……」となだめていたとき、美知代はとても幸せだった。

「ありがとうございます。気に入っていただけたようで嬉しいです」

彼女に向かってにっこりとほほ笑むと、彼女は美知代のコートの裾を握った。そして、ある方向を指さすと、「ねえ、あの子」ぐっと声を潜めた。

「あの子、見たことのない子だけど」

美知代は、「あっ」と思わず声を出していた。彼女は人一倍、ファミリアのルールに厳しい。「今日はあの子の分の家服が間に合わなくて。次からは」

「ううん、そんなことはいいの」

そんなこと、という言葉が、美知代の冷たくなった耳たぶにぶつかった。

「ファミリアに新しく入った子よね？」

彼女がそう言うと、その周りのファミリアも彼女の指さす方向を見る。

「よく似てるわねえ、つかさ様に」

視線の先では、アキが周りのファミリアと自己紹介をし合っている姿があった。さっきまでは飯島としか話していなかったのに、いまではたくさんのファミリアに囲まれている。

「列、整えてきます」

アキを中心に、四列の層が崩れかけている。もうそろそろつかさ様が出てくるだろう時間なのに、列が乱れていてはいけない。

うぅん、そんなことはいいの。

一歩踏み出すたびに、さっき聞いてしまった言葉が腹の中に落ちていく。

美知代が近づくと、アキを囲んでいた数人がわかりやすく自分の居場所に戻った。

アキが、白い手袋をしたてのひらをパッと開く。

「美知代ちゃん」

今日さむいね、と、アキは子どもみたいなイントネーションで言った。

「……列が乱れていると他のお客様の迷惑になりかねないから、列、整えて」

アキ以外のファミリアが、自分の立ち位置を微調整する。アキだけがそこを動かない。

「……列、整えてね」

「美知代ちゃん、よく通る声、健在だね」

その場から離れようとした美知代を、アキは声だけで引き止めた。

「学級委員やってたときと同じ」

えっ、と戸惑いの声を漏らす周囲のファミリアたちに向かって、飯島が小声で答えているのが聞こえる。「美知代さんとアキ、小学校の同級生なんだって」飯島の説明に、ファミリアたちが驚いたように顔を輝かせているのが見える。「初めてアキ連れて挨拶に行ったとき発覚したんだけど、ほんとびっくりだよね」

今日はつかさ様がプレゼントを直接受け取ってくださいます。由加の声が聞こえる。スムーズにお渡しできるように、準備をしていてください。圭子の声が聞こえる。

「美知代ちゃん」

びゅっ、と冷たい風が吹いて、アキの胸元のストールが揺れた。

「変わってないね」

美知代はアキを見つめる。乾いたコンタクトが、目に張りつく。

修学旅行の班のメンバーを決めることになっていたあの日、不安そうにしていたあなたに声をかけてあげたのは、私だった。

「つかさ様！」

飯島の高い声がした。出入り口のほうを見ると、私服に着替えたつかさ様が白い息を吐きながらファミリアに向かって手を振っていた。

「みんな、今日はありがとう」

こんなに寒い中、とコートの首元のファーの中で、つかさ様は笑っている。ファミリアひとりにふたつずつ付いている目が、すべて、つかさ様のほうを向いている。

美知代は一歩後ろに下がる。

「みんなの黄色い服、いつもよく目立ってて、ほんとに嬉しい。いつもありがとね」

つかさ様がそう言うと、四列に並んでいるファミリアがわっと声をあげた。アキも嬉しそうに両てのひらを口元で合わせている。

つかさ様が、出入り口に近いところにいるファミリアから順番に、プレゼントを受け取っていく。ファミリアからのプレゼントには、帰りの車の中でも読みやすいように、封筒などには入っていないポストカード型の手紙が添えられていることが多い。

「ありがとう、トークショーまでありがとうね」つかさ様がプレゼントを抱えきれなくなると、マネージャーがその分を引き受けていく。「ありがとう、え、この感想、終わったあとすぐ書いてくれたの？」マネージャーは大きな袋を持っているので、手渡されたプレゼントはそこに次々と収められていく。

美知代はいつも、その様子を後ろから見守る。ファミリアに入りたてのアキは、四列の中でも最後列に立っている。

アキは、あの音楽室で、グランドピアノに全身がほとんど隠れてしまうほど、体が小さかった。修学旅行のときも、バス内の点呼で、先生がなかなかアキのことを見つけられなかった。

「あ、あなた」

ぱっ、と、つかさ様が少し大きく口を開いた。

「……そのストール」

ほわっと漏れたつかさ様の白い息が、すべての列を飛び越えて、アキだけに降りかかったように見えた。

「よく、似合ってるわね」

きゃあっ、と、飯島が高い声を出す。

「服着てなかったから、逆に目立ってたかも、あなた」

つかさ様は、口元に手を当ててくすりと笑った。飯島だけでなく、アキの周りのファミリアたちがきゃあきゃあと盛り上がる。四列目のさらに後ろに立っている美知代は、そのすべてを眺めることができる。

「今日、すごくよかったです」

アキが言う。つかさ様が「ありがとう」と頷く。月のすぐ上を、雲がすうすうと流れている。

つかさ様は前髪を左側に流している。アキは、前髪を右側に流している。ふたりが向かい合う姿はまるで、鏡に向き合っているようだ。

「あの」

歩き出そうとしたつかさ様に、アキが声をかける。

「レモンイエローのストール、昔、されてましたよね」

「え?」

不意を突かれたのか、つかさ様の笑顔が一瞬、固まった。

「昔、何かの番組で見ました。スターの若きころ、みたいな番組だったと思うんですけど……そのときに使われてた映像でだけ、こんな感じの黄色いストールしてて。それがすごく似合ってたので、覚えてるんです」

アキは、他のファミリアと違って、声を高くするわけでもなく、恐縮するように上体を前に傾けることもなくそう言った。

黄色いストール、と、隣で由加がつぶやく。衣装や舞台美術が好きな由加は、つかさ様が出た公演や舞台の衣装をすべてチェックしており、そのときのアイテムを私服に取り入れているときもある。「夢組のときは男役だったし……ストールなんてあったっけ?」由加がそう聞いてくるが、そんなつかさ様の姿は美知代の記憶にもない。

「家」のメンバーは、どのファミリアより、つかさ様に詳しくなければならない。

こんなにも寒いのに、じっとりとした汗が美知代のてのひらの生命線をなぞった。

つかさ様は、数秒間、アキのことを見つめたかと思うと、

「……ありがとう」

と言って、ふっと別のファミリアに視線を移した。ありがとう、ありがとう、と、

これまで何百回と見たことのある笑顔で、つかさ様はファミリアたちからプレゼントを受け取っていく。

アキの肩の位置が少し、下がる。力を抜いたのだろう。

「すごいね、アキ、つかさ様に覚えてもらったんじゃない？」

興奮した様子の飯島が、アキの肩のあたりを叩いている。派遣社員の飯島は給料が高いわけではないので、ファミリアへの貢献ポイントも高くない。出待ち、入り待ちのときは大抵四列目が定位置だ。

「気味悪がられてないかな、昔つけてた小物の話とかして」

「がられてないよ、嬉しそうだったじゃん！」

きゃあきゃあと騒ぐ二人を、美知代は静かに見つめる。自分の気持ち自体も静かだと言い聞かせながら。

「ていうか、そういう格好のほうが目に留まるなら、私も次から家服忘れたってことにしちゃおうかなあ」

「なにそれずるい、私も」

周りのファミリアも一緒になって盛り上がり始める。冷たくなっている足の指に、美知代はぎゅっと力を込めた。

「あんなこと言ってる、家服着なきゃダメだっつの」

ね、と、由加が、こそっと耳打ちしてくる。そうだね、と、生返事をすると、それでは足りなかったのか、由加は圭子にも話しかけ始めた。

「圭子、あの子の分の家服ができたらすぐに……」

美知代も圭子のほうを見る。

「……圭子、聞いてる？」

圭子は、美知代のことも、由加のことも、見ていなかった。

圭子は、四列に並んでいるファミリアたちを、そしてその向こうにいるつかさ様を見ている。出待ち、入り待ちのとき、圭子はいつもこうなる。ファミリアの列の前を往復するつかさ様の動きに合わせて、ただ視線を動かすだけの人形になってしまう。だけど今日は、圭子の視線が全く動いていない。

「圭子？」

美知代は思わず声を出す。

自分の吐く息で、視界が白く霞《かす》む。

圭子は、アキのことを見ている。じっと、まっすぐに。

背の小さな愛季の姿は、黒いグランドピアノにほとんど隠れてしまっている。

きゅっ、と美知代が両手の拳を握りしめると、左手の中指に巻かれた白い包帯が両側の指に擦れた。突き指の痛みは、想像よりもずっと長引いている。愛季がピアノの鍵盤《けんばん》から指を離した数秒後、薄く伸びていた最後の音が、ふっと消えた。

6

「はい、じゃあ、座って下さい」

音楽の先生がそう言うと、みんな、つやつやと光る音楽室の床に腰を下ろした。音楽室には、暖色の絨毯《じゅうたん》が敷かれているスペースと、木のタイルで作られたひな壇のようなスペースがある。合唱の練習をするときはいつも、このひな壇のようなスペースが使われる。

指揮者としてみんなと向かい合っていた美知代は、みんなのいるひな壇へと戻った。音楽の授業がある金曜日は、特別にかわいい靴下を選ぶ。ピアノを弾く愛季のために楽譜をめくってあげていたむつ美も、のそのそと自分の場所へと戻っていく。

伴奏者の愛季は、ひな壇に戻らなくてもいい。指揮者の美知代は、みんなと同じ高さの場所に収まらなければならない。

「やっぱり男子の声が小さすぎます。男子はまず声を出すところから意識しようね。女子は、口を大きく開かないと母音がはっきりしないから、何を言っているのかわかりづらくなっちゃうところに気をつけてください」

先生が男子のほうを見ても、誰も返事をしない。五十嵐壮太はあぐらをかいたま
ま、窓の外を見ている。体育だろうか、校庭では別のクラスの生徒たちが楽しそうにハンドボールをしている。音楽の授業中、壮太はいつも口を開けすらしない。壮太のような男子は、先生の言うとおりに歌を歌ったりなんか絶対にしてはいけない、というルールを頑《かたく》なに守りながら生きているらしい。

「あと、四拍伸ばすところと、二番の最後で六拍伸ばすところ、そこは指揮を見て最後までちゃんと伸ばすこと。ここは女子も男子もうまくできていませんよ」

はあい、と、何人かの女子が返事をする。校庭から聞こえるピッピーというホイッスルの音が、音楽室の窓をつつく。

「朝の合唱交流、来週、五年生とでしょう。いまのままだと、五年生に負けちゃうよ、みんな。六年生なんだから、もうちょっとがんばろうよ」

どうでもいい、という気持ちを思い切り主張するように、壮太が先生に向かって大きくあくびをした。「ふぁあ」わざとらしいその声は、美知代の座っている女子の列までしっかりと届いた。男子がくすくす笑っている。

美知代の通う小学校には、合唱交流という行事がある。毎週水曜日の朝は、上級生が下級生のクラスへ訪問し、お互いに合唱を披露しあうのだ。二年前に校長先生が替わってから、このような取り組みが始まった。「六年生の皆さんは、他の学年の子たちのお手本になるような素晴らしい歌声を聴かせてくれています」言い出しておいて一度も直接見に来たことのない校長先生は、PTAに配るプリントにそう書いていた。

「じゃあ二番の、女子のパートが分かれるところからもう一回やります。ハイ、じゃあ立って」

先生はそう言うと、愛季の方を見る。

愛季が、細くて白い十本の指を、そっと鍵盤の上に載せる。

ただでさえ、音楽室のグランドピアノは鍵盤が重い。課題曲の二番、サビが二回繰り返される部分、その一番盛り上がるところ。右手の薬指と小指で奏でるファのシャープとソのトリルを、美知代はいつもうまく弾けなかった。

「じゃあ江崎さん、また指揮をお願いしてもいいかな。今度は先生が楽譜をめくるから、明元さんは歌ってて」

先生に促されて、美知代はみんなの前に立つ。壮太はやっぱり窓の外を見ている。いつもは美知代が座っている黒い椅子に、今日は愛季が座っている。

美知代が右手を挙げる。みんなが、足を肩幅に開いて、中心を向く。

ここにいる全員を、この手ひとつで操《あやつ》るのだ。そう思うと、美知代の下腹部が重い熱を持った。

1、2、3、4、と右手を振ると、グランドピアノから、十六分音符が絡まることなくこぼれてくる。前奏の強弱記号はピアニシモ。小さな音のまま細かい音符をハッキリと弾き分けることは、とても難しい。

体育のポートボールで負った突き指のせいで、いま、美知代はピアノを弾くことができない。クラスの中で美知代しか務めることができなかった伴奏者という役割を、いまは、愛季が務めている。尾上さんが転校してきてくれて良かったわと、音楽の先生はしきりに喜んでいた。

間奏が終わり、二番が始まる。壮太は口を開きもしない。壮太の周りにいる男子たちも、わざとらしく、いかにも興味がないという表情をしている。女子は割と合唱に対して協力的だが、むつ美の口はもごもごと動くだけで、きちんと歌っているかどうかわからない。

美知代が、むつ美を修学旅行の班に誘った、という話は、他のクラスにまであっという間に広がった。女子トイレや廊下で、隣のクラスの友達から何度か声をかけられた。

明元むつ美と自由行動ってマジ？

江崎さん、そこまで学級委員にならなくてもいいんじゃない？

明元むつ美といたら、天パうつるらしいよー。

美知代は毎晩、ベッドの上でその言葉を思い出した。目を瞑り、聞こえてくる雑音を遮断し、皆がかけてくれた言葉たちをていねいに思い出した。

転校生の子とも同じ班なの？

明元むつ美と転校生ってしゃべるの？

転校生と仲良いみたいだけど、どんな子なの？

みんな、この教室の中で起きていることはすべて、美知代に聞いてきた。美知代はそのすべてに答えることができた。美知代は学級委員で、理科の実験班の班長で、合唱をするときはいつだって伴奏者だった。

五年生との合唱交流をするころには、美知代の指から包帯は外れていた。それでもピアノを弾くことはまだできないということで、伴奏は相変わらず愛季が担当していた。

合唱交流は、上の学年が下の学年の教室を訪問して行われる。先に下の学年が歌い、その次に上の学年が歌う。たった一年でも、声の太さは明らかに違い、それが束になると全く別物のような響きを持つ。

美知代は両腕で四拍子を刻む。クラスのみんなが、美知代の腕の動きのままに歌を歌っている。教室には、音楽室にあるようなグランドピアノはないので、愛季は音の強弱をつけられないオルガンで伴奏をしている。

今日は、五年生に見られているということもあってか、いつも壮太と一緒にいる男子たちも多少は声を出しているようだ。

だけど美知代は知っている。こんなときでも、壮太は口を開けすらしないことを。合唱が、最後のクライマックスに差し掛かる。二番のサビがもう一度、繰り返される。強弱記号はフォルティシモ、リズムが速くなりすぎないように注意する。ちらりとオルガンの方を見る。楽譜台から見え隠れする愛季の髪の毛は、今日は、低い位置で結ばれている。

美知代は前の方向へと視線を戻す。全体を眺めているように見せかけているけれど、本当に見たいところはあの一点だけだ。

一番後ろの列、右端。

五十嵐壮太の定位置。

美知代はそのとき、一瞬、自分が刻む四拍子が乱れたのがわかった。口が開いている。壮太が歌っている。

壮太が、歌を。

指揮のリズムが崩れていく。だけど、歌声のリズムは全く崩れない。愛季の弾く伴奏が、乱れていないからだ。

治りかけていた指が、ずきんと痛む。

六年生の合唱を見ている五年生も、いま歌っている六年生も、この教室にいる人はみんな美知代のことを見ている。おかしなリズムの美知代の指揮に、表情を少し曇らせている。

その中で、壮太だけが、オルガンを見ていた。オルガンの向こう側に見え隠れする黒髪を覗いているように、美知代には見えた。

「じゃあ、私ここで」

愛季が、上履き袋を持った右手を少し上げた。律儀《りちぎ》に白線の内側を歩く美知代たちのすぐそばを、荷台に何も載っていないトラックが通り過ぎていく。

愛季とは、声をかけたその日から一緒に帰るようになった。修学旅行も同じ班、帰るときも一緒、もう美知代と愛季は同じグループだと言っても誰も不思議に思わない。

「うん、ばいばい」美知代は、ここで右に曲がる愛季に向かって手を振る。愛季の家族はいま、アパートで暮らしているらしい。ばいばーい、と、取り巻きも美知代に倣《なら》う。

「あ、ごめん、やっぱちょっと待って美知代ちゃん」

愛季はいつしか、美知代のことを名字ではなく名前で呼ぶようになっていた。

「何？」美知代は愛季のほうへ振り返る。ランドセルの中に入っている筆箱が動いて、がちゃがちゃと音をたてた。

「えっと……伴奏のことなんだけど」

伴奏、という言葉が聞こえたそのとき、美知代はぐっと息を止めた。視線も、表情も、何も動かなかったはずだ。大丈夫、と、自分に言い聞かせる。

「私の伴奏」愛季は、意を決したように言った。「きっと美知代ちゃんよりへただと思うから……何かアドバイスあったら、言ってほしいの」

愛季は、上履き袋の持ち手の部分を、両手でぎゅっと握りしめている。

「私、引っ越したばかりで家にピアノなくて、指だけで練習するしかなくって……今日も、指揮、合わせづらかったよね？」

朝の合唱交流のあと、美知代のクラスの担任の廣瀬先生は首をかしげていた。今日は男子の声がよく出ていた。今までどれだけ言ってもきちんと歌おうとしなかったのに、どうしてだろう、と。

「わかった」

美知代は唾を飲み込む。

「考えとくね。任せて」

美知代がそう答えると、愛季は強張《こわば》らせていた表情をふっとやわらげた。

「よかった、ありがと。じゃあ、またあしたね」

愛季は軽く手を振ると、ひとり、小さな橋がかかる道のほうへと小走りで進んでいく。上履き袋が左右に揺れている。

愛季はきちんと上履きを持って帰る。だから、愛季の上履きは真っ白なままだ。

「……帰ろっか」

美知代が取り巻きのふたりにそう言うと、ふたりは普段と特に変わらない様子でぺちゃくちゃと話し始めた。「ねえ、今日アッコがマンガ持ってきてたの知ってる？私見ちゃった」「うそっ、バレたら絶対やばいじゃん」一年生、二年生ぐらいのころは、下校中、道端に生えている花の蜜《みつ》を吸ったりもしたが、「それ、犬のおしっことかかけられてんだぜ」と壮太に笑われてからは、そういうこともしなくなった。

通学路から花の蜜を抜き取ると、他人のうわさ話しか残らなかった。

「愛季ちゃん」

愛季と別れて二つ目の信号を渡ったあたりで、取り巻きのうちのひとりが言った。

「伴奏、上手だったね」

美知代はもう一度、息を止めた。

「……そうだね。先生も褒めてたし」

いつも通り話したつもりだったのに、ほんの少しだけ早口になってしまった。

「でも」取り巻きのうちのひとりが、美知代よりもさらに早口で入り込んでくる。

「私は美知代ちゃんのほうが上手だったと思う」

「私も、美知代ちゃんの伴奏のほうが歌いやすいっていうか」もうひとりも、何かを取り戻すようにして言った。

五月の通学路は、影をとてもとても長く伸ばす。巨人のようになった自分の影を見ていると、美知代は、この帰り道がいつまでもいつまでも続くように思えた。

「ごめん、ちょっと靴ひも結び直すね」

美知代がその場にしゃがみこむと、取り巻きはふたりとも立ち止まった。美知代は靴ひもを結び直しながら、自分のふくらはぎのあたりを見る。愛季の靴下についていた取れかけのリボンは、次に美知代が見たときにはもうしっかりと付け直されていた。

先生だけではない。クラスのみんなも言っていた。今日、いつもより歌いやすかったね。うまく歌えてる感じした。五年生のクラスから自分たちのクラスまで戻る間、そんな声が美知代の耳にもちらほら届いた。

蝶々結びをきつくする。壮太の視線を思い出す。

理科の授業のときは、磁石を近づければどんな形の砂鉄だって立ち上がったのに。今日は私が指揮をしていたのだから、誰だって私を見ていなければいけなかったのに。

ふと、手元に影が落ちた。取り巻きのどちらかだろうと思い見上げると、そこにいたのは明元むつ美だった。

「……何?」

美知代がそう聞いても、むつ美は何も言わない。何も言わないで、うねった前髪のあいだから、じっと美知代を見ている。「何してんの、あんた」取り巻きがそう声をかけても、むつ美はその場に立ち続けている。

逆光で、むつ美の顔はほとんど見えない。だけど美知代は思った。

やっぱりブスだな、この子。

7

昨日倉庫に納品された新商品の発送表が、今日になってやっと届いた。すぐに伝票と送り状をつくり、プリントアウトした発送表とともに唐木田のもとへと届ける。新商品は、店舗側の展開づくりの準備期間を確保したいということもあって、できれば納品された日に発送してしまいたい。けれど、本社から数の振り分けが伝えられなければ、倉庫側は動きだすことができない。年末年始に向けてパッケージやポップが新しくなった商品もたくさん届き、唐木田が統括する現場チームはここ数日間とても忙しそうだ。

倉庫から事務所に戻ると、携帯に由加からラインが届いていた。

【ファミリアのサイト、見た?】

「家」のグループにではなく、個人宛にメッセージが送られてきている。圭子には読ませられない内容なのだろう。

【とりあえず、掲示板チェックしてみて。美知代の意見が聞きたい】

ファミリアのサイトを管理しているのは、圭子だ。もともと圭子が運営していたのは【わたしだけのつかささま☆ステキすぎますけど何か?】という個人ブログだったが、それがあまりの情報量のため、そのままファミリアが集まる公式サイトのような存在になった。

美知代は返信をすることなく、会社のメール画面から切り替えてサイト名を検索する。ファミリアの公式サイトとするにあたって、サイト名は【TsuKaSa Net】というシンプルなものに変更された。デザインはそのまま圭子が担当しているので、かなりダサい。

【TsuKaSa Net】には、ファミリアが集う掲示板の他にも、つかさ様の出演作品全リスト、由加が担当しているコラム、過去の会報のPDFファイルが見られるページなどがある。リンクページからは、それぞれのファミリアが個人で開設している応援ブログやツイッター、インスタグラムにアクセスすることができる。

臼木は今日も外出しており、事務所にはいない。美知代は、自由にマウスを動かす。

アキがファミリアに出入りするようになってから、いろんなファミリアがアキについての情報をアップするようになった。都内で会社勤めをしているアキは、退勤後、いろんなファミリアと食事に行って交流を深めているようだ。ファミリアは、必ずアキと撮った写真をアップする。

今日はファン友達のアキちゃんとランチに行ったよ！　職場が近くてビックリ。そんなことより、この子、どことなく、、つかさ様に似てませんか～？（笑）＃lunch＃ヲタ活＃香北つかさ

夜はファミリアのみんなでご飯会。仕事の話、恋バナ、ファン活動のこと……みんなといると、つい、いろんなこと真剣に語っちゃう。今日は飯島さんのサプライズバースデーも成功して、ほんと楽しかった！　つかさ様似のアキちゃんが代表してプレゼント買ってきてくれたよー。

【いまから見てみる】

由加に返事をすると、美知代は【TsuKaSa Net】の掲示板のページにアクセスした。掲示板は、普段、そこまで活発に使われてはいない。入会希望者が遠慮がちに書き込んでくるくらいだ。

掲示板、という文字をクリックすると、数秒後、画面が見慣れた色に切り替わった。

美知代の目に、いくつかの文字が飛び込んでくる。視界いっぱいにいろんな情報がちりばめられていたとしても、人間の目というものは、感覚的に大切な情報を見分け

ることができる。いつか雑誌かなにかで読んだ知識がなんとなく蘇《よみがえ》った。

件名：ファミリアの運営に対する提案
内容：いくつか要望はありますが、まずは、「家服の廃止」、こちらを提案させていただきます。

内容文の一行目だけ、文字が太くなっている。美知代は画面をスクロールする。心臓がどんどんと体内でバウンドしている。

そもそも家服とはなんのためにあるのでしょうか。ファミリアの結束のためというならば、いまさら私たちにそのようなものは必要ないかと思われます。別のファンクラブの方々から、黄色い服は刺激が強く、ステージに集中できないというご意見もいただいております。

書き込みの名前の欄を見る。「ファミリアをより良くする会」。個人名ではなく、そう書かれている。

家服が、ステージに立つつかさ様を鼓舞《こぶ》するためにあるというならば、私たちは家服とは違う形でつかさ様を鼓舞していきたいと思っています。皆さんは、総鑑賞日のとき、つかさ様が特に嬉しそうにしておられた場面をご存知ですか。家服ではなく、黄色いストールを身に付けてきたファミリアに向かって、つかさ様は特別にお声掛けをなさっていました。

つまり、家服でなくても、つかさ様を鼓舞することはできるということです。黄色いストールのように、各々が思う、つかさ様にまつわるアイテムを身に付けるという行為で、家服の役割は代替できると私たちは考えます。着替えの問題など、実用的な点も含めまして、私たち「ファミリアをより良くする会」は、まずは家服の廃止から訴えていきたいと考えております。

読みながら、美知代は思った。サイトの管理をしている圭子はなぜ、この書き込みを消していないのだろう。

圭子は、総鑑賞日の出待ちのとき、つかさ様ではなく、アキのことを見ていた。つかさ様によく似ている、けれどつかさ様よりもずっと近い距離にいるアキのことを見ていた。

「江崎、おい」

運動神経を直接つつかれたように、体がビクッと動いた。いつの間にか、臼木が事務所に戻ってきている。

「お前、これ、メール見たか？」

あ、はい、と適当に返事をしながら、美知代は慌てて会社のメールボックスを開く。タイトルを見て、美知代は「あっ」と思わず声を漏らした。

【追加発送分に同梱してほしいご案内資料、添付忘れでした】

「年末年始のキャンペーンについての案内だろ、これ。今日の追加分から同梱しとかないとやばいな。別送でポップとかも送ってるはずだから、その配置の説明の資料なんじゃないか」

臼木はそう言うと、デスクの脇に置かれているいくつかの書類に捺印をし始めた。

「もう発送表とか唐木田に渡しちゃった？　いまからこの資料も同梱してもらえそう？」

「確認してきます」

美知代は出力したPDFファイルをコピー機にセットする。追加発送分の梱包がいくつになるかわからない。適当に200、とコピー枚数を設定し、そのまま倉庫のあるフロアへと急ぐ。

慌てて読んだ掲示板の文章が、いまになって、じっとりと脳の中まで染み込んでくる。階段を一段下りるたびに、掲示板の文章やファミリアのブログの文章が入り交じり、脳のさらに深いところにまで染み込んでくる。

仕事の話、恋バナ、ファン活動のこと……みんなといると、つい、いろんなこと真剣に語っちゃう。一段下りる。ファミリアをより良くする会。二段下りる。今日はファン友達のアキちゃんとランチに行ったよ！　三段下りる。

美知代は階段を下り続ける。

みんなで話したいろんなことが無駄にならないように、がんばろう。四段下りる。ファミリアをより良くする会。五段下りる。そんなことより、この子、どことなく、、、つかさ様に似てませんか～？（笑）六段下りる。

あれは、六年生の夏の終わりだった。

美知代ははじめて学級委員の選挙に敗れた。新しく学級委員の座についたのは、あの子だった。

「……アセロラジュースなんて飲むんですね」

美知代がそう言うと、唐木田の頭に巻かれたタオルの尾が少し動いた。

「ああ」

唐木田は美知代のほうを見ずに、残りのジュースを飲み干す。上を向いた喉《のど》を縦断する凹凸が、上下に動いている。

「発送、変更あり？」

自動販売機の置いてあるスペースには、L字形にベンチのようなものが置いてある。唐木田はちょうどLの直角のところに座っていた。

「今日の発送分に同梱してほしいっていう資料が、さきほど本社から届きました。あとで梱包数分コピーして持ってきます」

美知代はベンチに座らずにそう言った。

「またあの新入社員？」美知代が頷く前に、唐木田はため息をつく。「あとから同梱資料送ってくるの何回目だよ、ほんとに」

唐木田は缶のプルトップをぐりぐりとさせると、カラになった缶の中にちぎれたプルトップをねじ込もうとした。普段、家でもこうしているのかと思うと、美知代は、その指先を思わずじっと見つめてしまった。

プルトップが、缶の入り口を通過する。カラン、と、スチールとスチールの触れ合う音がした、そのときだった。

「唐木田さん？」

美知代の背後から、凜《りん》とした声が飛んできた。

「おう」

唐木田が手を挙げる。

「何、また転売防止のナンバリング？」

バイト引きつれて、と軽く笑う唐木田の声が、少し高くなったような気がした。

「そう。アイドルのポスターって、すぐネットとかに出されちゃうから」

凜とした声の他に、もう数人分の足音や話し声が聞こえる。「ハイ、好きなの買っていいよ。でも一本だけだからね」やったー、と無邪気に喜んでいるのは、大学生のアルバイトだろうか。

唐木田が缶をゴミ箱に捨て、ゆっくりと立ち上がった。

「じゃあ江崎さん、同梱資料の件よろしく。それもらえるまで別の作業してるから」すれ違いざまにそう言うと、唐木田は倉庫へと戻っていく。「おつかれ」美知代の背後にいる人物にも、そう声をかけている。

美知代は、その場から動くことができない。

どうしてこの人は、教室を出て二十年も経ってから、こんなふうにして現れるのだろう。

何度も、何度も。

「……もしかして美知代ちゃん？」

アキの凜とした声がする。

「え、どうしてここにいるの？　あれ、なんとかっていう化粧品の会社で働いてるらしいって飯島ちゃんが」

早口で話し出したアキが、はっと気づいたように一瞬口をつぐんだ。「二人とも、もう作業し始めてていいよ。私もすぐ行くから」はあい、と、学生アルバイトたちがゆるく返事をしてこの場を去っていく。

美知代は、何か言うどころか、体のどの部位も動かすことができなかった。すぐ近くに生きている人間がふたりもいるというのに、自動販売機の振動音だけが響いている。

「座ろうよ」

アキは財布からお金を取り出すと、「あったか～い」の段に並んでいるコーヒーのボタンを押した。美知代は立ち去ることもできずに、言われるがままにベンチに座る。なんとなく、さっきまで唐木田が座っていた場所は避けた。

「びっくり、こんなとこで会うなんて」

アキはそう言うと、ベンチの上で足を組んだ。スラックスの裾が少し上がり、細い足首が露《あら》わになる。

「……私、いま、レコード会社でＤＶＤの販促の仕事してるんだ」

さっきの子たちは学生バイトちゃん、と、アキは美知代にもコーヒーを差し出してきた。二人分買っていたらしい。

美知代は何も言わない。掲示板に書かれていた内容、唐木田との会話、姫々の社員の振りをしてきたこと。頭の中の様々なことが、てのひらの中のコーヒーよりも高い温度に加熱されていく。

「うちのＤＶＤの在庫も、一部ここで管理してるから。倉庫に来ることは滅多にないんだけどね」アキはふうと息を吐く。「今日はバイト連れて初回特典ポスターのナンバリング。韓流アイドルのライブＤＶＤなんだけど、よく売れるんだわこれが。特典がネットで転売されたりするとファンからすぐクレームが来て、結果、私が怒られるんだよね」

美知代は、コーヒーを握る手に力を込め続ける。とても熱いのに、腕から力を抜くことができない。

「あ、売り切れ」

アキはコーヒーを一口飲むと、そうつぶやいた。一番上の段の右端、アセロラジュースの購入ボタンが、売り切れ、という文字で赤く光っている。

「唐木田さん、最近あれ、ハマってるんだって」

缶に書かれているアセロラ、という文字は、赤くてつやつやしている。さっき唐木田が飲んでいたものが最後の一本だったのだろうか。

「そしたら現場チームでも流行っちゃって、これだけすぐ売り切れるんだって」

あのかわいらしい缶が、唐木田の姿にあまりにも似合わなくて、美知代は不思議に思っていた。意外な一面を見ることができて、嬉しい、とさえ思っていた。

「前ここで休んでたとき、唐木田さんもいてさ。それで、結構話すようになって」

美知代は、ひび割れたコンクリートの壁を見つめる。

アセロラと唐木田。私にとっての発見は、この子にとっては、不思議でもなんでもない組み合わせだったのだろうか。

「唐木田さん、絶対、子どもみたいにプルトップちぎるの」

「あなたが来てから、少しずつ、おかしくなってる」

言葉に出すと、コーヒーの温度がぐっと上がったような気がした。

「うまくいってたのに。ファミリアのことも、全部」

黒い液体の熱が、水疱だらけの指の皮膚をじりじりと痛めつけていく。

「あなたが家服を着てこないから。ストールなんて付けてくるから」

「美知代ちゃん」

アキがそう言うと、ぐっと、美知代の体により一層力が入った。熱が、指の肉の内部にまでぐいぐいと到達していく。

「小学校のときと同じだね」

アキはそう言って、残りのコーヒーを一気に飲み干した。

「私、いまの美知代ちゃん見てると、昔を思い出すよ」

アキはベンチから立ち上がる。

「特に、修学旅行の夜のこと」

アキの長い指が、カラになった缶から離れた。

「美知代ちゃんは、この世界で、また学級委員になったつもりでいるの？」

缶がゴミ箱の中に落ちる。想像よりも大きな音が、ひび割れたコンクリートの壁にぶつかって散らばった。

8

美知代はその日、百点のベルマークを初めて見た。

「えっなにこれっ！」

壮太が、愛季の机の上にてのひらを滑らせる。「あっ」愛季が頼りない声を漏らしたけれど、壮太は全く聞いていない。

「百点ってマジ？　ヤバくね？　無敵すぎだろ」

指の腹にくっついたベルマークを、壮太は教室の電気にかざすようにする。「ちょっと、アッキー嫌がってんじゃん」壮太は、美知代の強い語気をエンジンにして、ニヤリと笑って身をひるがえす。「アッキーに返しなってば」美知代はそんな壮太を追いかける。こっちこっち、と挑発してくる壮太は、まだ夏に入る前なのに、すっかり日に焼けている。

壮太は最近、中学生の兄に眉毛を細く整えられたらしい。「学級委員、足は遅えのな」そう笑う壮太に、美知代以外の女子はますます話しかけづらくなっている。

毎週木曜日に各家庭から持ってくることになっているベルマークは、同じような時間割が続く一週間の中でちょっとしたスパイスになる。男子はまるでカードゲームでもするようにどちらがより点数の高いベルマークを持っているか競い、女子はマークの部分をよりきれいに切り取ろうと丁寧にハサミを動かす。

ベルマークは朝の会のあとに集める。愛季が持ってきた百点のベルマークを目ざとく見つけたのは、美知代の取り巻きのうちのひとりだった。

「新しいおうちが決まってね、お父さんがピアノも買い換えてくれたの」

愛季は少し恥ずかしそうにしながら、美知代にもそのベルマークを見せてくれた。１００。見慣れたベルのマークの下には、確かにそう書かれていた。

「アッキー、はい、これもう取られないようにしなよね」

美知代は壮太から取り戻したベルマークを愛季に返す。愛季は「ありがと〜」とそれを受け取ると、黒板にマグネットで貼られている大きな袋のもとへと歩いていく。

そして、百点とそうではないベルマークを数枚、何のためらいもなく袋の中に入れた。

「あーあ、あれ持ってたら無敵なのに」壮太が仲間の男子に向かって唇を尖らせる。

「壮太、他のヤツのベルマーク使うのは禁止って決めたのお前じゃね？」

「だって百点だぜえ」

壮太が袋の中から百点のベルマークを探そうとしているけれど、クラスのみんなが持ってきたものの中に紛れて、もうどこにあるのかわからない。壮太のグループは、毎週木曜日、一番ベルマークの点数が高かった人が給食のデザートを独り占めできる、というゲームをしている。

「美知代ちゃんすごいね、五十嵐君とあんなふうに話せて」

取り巻きはそう言いながら、自分の持ってきたベルマークを袋の中に入れに行く。

壮太の細い眉は、絶対に間違わないコンパスの針のように、クラスの舵《かじ》を切る。

六年生になってから、女子の目の中に潜む壮太に対する恐怖のようなものが、日に日に色濃くなっているのがわかる。やがて入学する中学に通う兄を持つ壮太は、既に何か大きな力を手にしているように見える。

新しいベルマークと共に愛季の家にやってきたピアノは、ヘッドフォンがついているので、夜でも好きなように練習ができるらしい。だからね、と、愛季は美知代を安心させるように話した。

「私、もっと伴奏の練習するね」

音楽の授業や合唱交流が終わるたび、愛季は美知代を呼び止めるようになった。ここはこう弾いたらどうかな、ここで一回ピアニシモにしたらどうかな、そしたらもっと盛り上がるんじゃないかな。私のピアノはまだまだだから、美知代ちゃんの意見が聞きたいの。愛季の口からは、クラス合唱をよくするための案が次々と零れ出てきた。美知代は「いいんじゃない、それで」と、どこか冷たく答えることしかできなかった。愛季の話していることが、美知代にはよくわからなかった。だけど確かに、練習すればするほど美知代のクラスの合唱はよりよいものに変わっていく実感があった。

愛季がピアノの楽譜に何かを書きこむとき、シャープペンシルのノックの部分についているチェーンのようなものがきらきらと揺れた。お母さんが文房具を扱う仕事をしているから、と言う愛季は、クラスのみんなとは少し違う文房具を持っていた。六角形の鉛筆じゃなくて、きれいな色のシャープペン。長方形の筆箱じゃなくて、大人の女の人が持っているポーチのようなペンケース。

上手なピアノ。百点のベルマーク。誰も持っていない文房具。そして、誰よりも整っている容姿。みんな、ふと気づくと愛季のことを話すようになっていた。

美知代は、学級活動の時間を待ち続けた。自分が教壇の前に立ち、愛季がそのほかのクラスメイトと同じ条件の中に戻る時間を。

「各班、しおりの担当ページの作成を終えてから、自由行動の計画書に移ってください。担当ページがまだの班は、今日中に、私か、しおり作成委員会の誰かまで提出してください」

美知代がそう言うと、ハァイ、と、クラスメイトがなまぬるい返事をした。先生が何か言ったときも、みんなはこのくらいの返事しかしない。

修学旅行までの期間、週に一度の学級活動は修学旅行にまつわる作業に費やされた。各班に割り振られたページの作成をし、それを終えてやっと、自由行動の計画を立てることができる。自由行動に関しては、最終的には先生にチェックしてもらわなければならない。

寄せ合った机の上に、いろんな紙やペンが広げられている。清書をするときは、机と机の間の溝に気を付ける。

クラス内の有志で結成されたしおり作成委員会は、自分たちの班のページの他に、しおりの表紙や持ち物のページ、おまけページなどを作成する。必要な情報がきちんと入っていれば、字体を好きなように変えたり、イラストを描き加えたりしてもいい。有志、とは言ったものの、結局、メンバーは全員女子だ。

学級活動の時間になると、ほとんどの男子は教室からいなくなる。ろくに班のページも完成させていないくせに、チャイムが鳴った瞬間、先生のいない図書室へと一目散に駆け出すのだ。だからといって、教室に残っている男子がまじめにしおりの作成に取り組んでいるのかというと、そうではない。大体、落書きをしていたり、カーテンの中に友達を閉じこめたりしている。どうして男子はポスターやしおりを上手に作れないんだろう。美知代はいつも不思議に思う。一ページの中にどれくらいの情報を入れ込めばちょうどよくなるのか、男子には全く見当がつかないらしい。

しおり作成委員会のリーダーは美知代だ。そして、美知代がいるところには、取り巻きのふたりも必ずいる。その流れで、同じ行動班である愛季とむつ美も、しおり作成委員会のメンバーとなっていた。

「えっ、それ、自分たちで描いたの？」

愛季が、口元に手を当て、ガタッと椅子から立ち上がる。背中をまるめてせっせとイラストを描いていた女子ふたりが、照れたように、だけどどこか誇らしげに笑い合う。

「すごーい、上手！　ちゃんと全部見てみたい」

愛季が、自分の机から身を乗り出したので、連動して美知代の机まで少し動いた。ボールペンで書いていた文字が、少しズレる。美知代は修正ペンを上下に振り、カチャカチャと音をたてた。

美知代たちに加えてしおり作成委員会に参加してきた女子ふたりは、いつも教室の隅でノートにイラストを描いて見せ合っているような子たちだった。このふたりはもっぱら、しおりの余白に載せるためのイラストをせっせと描いている。紙の上の女の子たちはみんな、マンガに出てくる高校生のような制服を着て笑っている。襟元に大きなリボンがついていて、ミニスカートから伸びる足がすらりと長い。ソフトクリームや大人が持つような大きなカメラを持っているところから見ても、どうやら自分たちのことを描いているわけではないらしい。

この子たちには、読みやすいしおりを作ろうという気持ちはない。美知代は思った。背景や、描くのが難しそうな靴などが都合よく切り取られた、空想の中のさらに楽しいところだけを抽出したようなイラストを描きたいだけなのだ。

美知代は、白い修正液にふうふうと息を吹きかける。鉛筆の下書きの部分を消しゴムで消す作業は、取り巻きのふたりがやってくれる。修正液のところは、消しゴムで強くこすらないように気をつけてもらわなければならない。

イラストは有志のふたり、鉛筆での下書きは取り巻きのふたり、文字の部分を清書するのは美知代。美知代が明言するわけでもなく、自然とそういうふうに仕事は分担されていた。その結果、班ごとに振り分けられているページは、愛季とむつ美が担当することになった。

美知代は、ていねいに、ていねいにボールペンを動かしていく。修学旅行の前日、みんなが一番しっかりと読むであろう持ち物のページだ。地図、筆箱、ハンカチ、ティッシュ。このページが終わったら、美知代はいよいよ、表紙に手をつけるつもりでいる。

みんなが必ず見るしおりの表紙。クラスのみんなどころか、その親や、先生の目にも必ず触れる。

「アッキー」

美知代は愛季を呼ぶと、ふうと息を吐いた。

「班ごとのページ、あと提出してないのどこ？」

きれいに、かつ、間違ってはいけない状態で字を書き続けていると、体がみしみしと疲れる。美知代は自ら清書したページを手に取り、全体像を眺めた。

きれいで、読みやすい字だ。

「もうほっとんどのところからは返ってきてるんだけど」ちょっと待ってね、と、愛季が各班から集められている用紙を確認する。「女子の班からは全部返ってきてるし、私たちのももうすぐできるから……」

男子もわりと出してくれてるはず〜、と、語尾を伸ばしたと思うと、

「あっ。ねえ、美知代ちゃん」

と、愛季が突然、声を弾ませた。こちらのほうに動く細い首は、くるん、と、おもちゃのような音が鳴りそうだと思った。

「しおりの表紙、むっちゃんにも書いてもらわない？」

「え？」

愛季は、ある一枚の紙を指でつまんだ。

「ほら見て、むっちゃん、すごく字がきれいなの」

きれいにむけた果物の皮をひろげるように、愛季は誇らしげな顔でその紙をピンと伸ばした。

「字だけじゃなくてね、絵とか、字を飾り付けたりするのも上手なの。美知代ちゃん、他のページの清書で大変そうだから、一枚くらいむっちゃんにもやってもらおうよ」

「うっま」取り巻きどちらかの声が、美知代の耳たぶをかすめる。

かわいい形で描かれた文字に影がつけられていて、文字ひとつひとつが立体的に浮かび上がっているように見える。バランスよくスペースが分けられているから、ひとつひとつの寺、その歴史がとても読みやすい。文字はまるで教科書に載っているもののように美しく、ところどころに描かれているとぼけた仏像のイラストがとてもかわいらしかった。

むつ美は恥ずかしそうにうつむいている。自由にうねる髪の毛は、雨に降られた野良犬の毛のようだ。その謙虚さを前面に押し出した振る舞いに、美知代は全身の真ん中にある心臓の毛が逆立つ思いがした。

むつ美の作ったページは、その場の誰が見ても、美知代のそれよりも美しく、読みやすかった。

「一枚くらいむっちゃんにやってもらったほうが美知代ちゃんもラクじゃない？」

美知代をいつのまにかちゃん付けで呼んでいたように、愛季は、いつしかむつ美のことをむっちゃんと呼ぶようになっていた。

「ほら、手だってこんなに汚れちゃってるよ」

愛季は、ひょいと美知代の右手首を握った。小指の付け根から手首にかけて、鉛筆の黒鉛がこすれて真っ黒になってしまっている。

「ピアノの伴奏は私が手伝うから、しおりはむっちゃんに手伝ってもらおうよ。美知代ちゃん、なんでもひとりでやろうとしすぎだよ」

「ねえ」

思わず少し低くなってしまった声を、美知代は整える。

「あそこの班って、しおり、提出してる？」

ほらあそこ、と、美知代は改めて思い出すフリをする。

「壮太君のところ」

美知代がそう言うと、せっせとイラストを描いていた女子ふたりが、ちらりと教室の隅のほうに視線を泳がせた。このふたりは、クラスの女子の中でも特に、壮太のことを怖がっているように見えた。教室の隅には、ただ寄せ合っているだけの机がある。机の上には紙もペンも載っていないし、机の主もいない。壮太の班は今日もまた、資料集めという名目で図書室に遊びに行っているみたいだ。

「今日中に提出って言ったのに、しかたないな」

壮太君いつもこういうのちゃんとやらないんだから、と、美知代が立ち上がると、取り巻きふたりが椅子を少しずらして道を空けた。とても自然な動作だった。

「私、ちょっと図書室見てくるね」

そう言うと、美知代はひとり、教室を出た。

ぐ、ぐ、と足を踏み出していく。ゴムでできた上履きの底が、リノリウムの廊下をぎゅう、ぎゅう、と少しずつ少しずつ潰していく。

学級委員。

理科の実験。

砂鉄。

伴奏。

しおりの表紙。

むつ美。

うまくいっていたのに。ずっと。あの教室の中で。

「ハイ、おれいま図書室から出てるからセーフセーフ！」

突然、図書室のドアから壮太が飛び出て来た。「あぶねっ！」すぐに、何かをかわすように身をよじる。スリッパだ。図書室の中から飛んできたスリッパが、壮太に当たることなく、廊下の壁にぶつかった。中には司書もいないのだろうか、男子たちが好き勝手に騒いでいる声が聞こえてくる。

「……なんだよ」

その場に突き刺さったように立っている美知代に、壮太が気づく。

「睨《にら》んでんなよ」

みんなが怖がっている五十嵐壮太。最近は、眉が薄くなっただけではなくて、どこか髪の毛も茶色っぽくなったような気がする。中学生のお兄さんから、髪の毛の色を変える方法を教えてもらったのだろうか。

「……学級委員？」

壮太が一瞬、真顔になる。あのイラストばかり描いているふたりも、むつ美も愛季も、こうして壮太と真正面に向き合うことはできない。

「五十嵐君」

しおり、提出してよ。

そう言うつもりだった。だけど、少し大きなTシャツの首元からにょきにょきと伸びている首と、その真ん中で隆起している小さな喉ぼとけを見ていると、全く違う言葉が美知代の口をついて出てきた。

「修学旅行の自由行動、一緒にまわろうよ」

図書室のドアが、内側から閉められる。第三ラウンド、かいしー！　という声が、ドアの向こう側から聞こえてきた。

「自由行動？　お前らの班と？」

廊下に残されてしまった壮太は、靴下だけを履いた右足の爪先で、左足のふくらはぎのあたりをかいた。

美知代は、自分がどうしてこんなことを言ってしまったのかわからなかった。けれど不思議と、堂々としていられた。

壮太は美知代を見ている。この人はおでこが狭い、と、美知代は思った。

「……お前の班のメンバーって、誰」

細い眉の動きに伴って、その小さな額も少しだけ波打つ。

「私と」美知代は唾をごくんと飲む。「いつも一緒にいるさっちゃんとゆっこ、……あと、むっちゃんと」

「明元むつ美?」

うげえ、と、壮太は何かを吐くような動作をした。窓の外は、いま自分たちがいる空間は宇宙と一続きになっていることがよくわかるような青空で、それに比べると壮太の動作はなんだかとてもかわいらしいもののように見えた。

「そんな言い方しちゃダメだよ」

「だって明元むつ美って」

ありえねえだろ、と、図書室に戻ろうとした壮太の動きが、ぴたっと止まった。

背後から、声が聞こえる。

美知代は、青空のその向こうにある宇宙に、そのまま吸い込まれてしまうような気がした。

美知代ちゃん。

遠くの方から、そう呼ばれている。美知代ちゃん。

「……自由行動、いいよ、別に」

美知代が何か言うより早く、壮太はそう言った。そのとき、壮太の首が少し、斜めに伸びていた。

美知代は、その首の角度を見たことがあると思った。

「美知代ちゃん」

自分を呼ぶ声が、ついにはっきりと聞こえた。美知代は振り返る。

「ごめん、五十嵐君たちの班のページ、あったー」

そこには、白い紙を持って立っている愛季がいた。「もう提出してもらってたみたい」美知代たちのものと比べると空白がとても多いその紙は、確かに、壮太たちの班のもののようだった。

壮太はあのときも、少しだけ首を伸ばして、指揮者の向こう側でピアノを弾いている愛季のことを見ていた。

「ごめんね、さっき見逃してたみたいで」

はあ、はあ、と、小さな口から息を漏らしながら、愛季が両膝に手をついて自らの体を支えている。小さなてのひらが、もっと小さな膝小僧を隠していて、もっともっと小さな美知代の心は、火で炙《あぶ》ったマシュマロのように一瞬で溶けた。

美知代は前に向き直る。

壮太はもう、図書室に戻っていた。

9

飯島の細い指が、ワイヤレスの黒いマウスを包み込んでいる。圭子が持ってきたノートパソコンには、いつか作ったファミリアオリジナルのつかさ様ステッカーが貼られている。

「……次、いってていい？」

圭子の声に、美知代は無言でうなずく。数秒後、パソコンの画面が切り替わる。

飯島の指がかすかに動いて、カチ、と爪を切るような音が聞こえた。

前から思ってたんだけど、統一の服が黄色っていうの、ちょっとどうかなって。やっぱりものすごく目立つし、いや、つかさ様にとっては確かに目立ってた方がいいんだろうけど。着替える時間がないときとか、こんな派手な色の服、家から着ていくの？　って思うっていうか……こんなこと思ってる

のもしかして私だけ？（笑）

いくつも並んだタブを、飯島が順番にクリックしていく。そのたびに、見慣れたブログの画面が目の前に現れる。すべて、見せたい日付の記事がすでに選択されているようだ。記事によってはコメント欄まで見せたいらしく、飯島が画面を下へ下へとスクロールしていくこともあった。

1．YUMIKO　んー確かに。なんか、そんな、学校みたいに決まりをいっぱい決めなくたっていいと思う、私も。そういうこと思ってるの、みーちゃんだけじゃないから安心して！（笑）

2．みーちゃん　>>YUMIKO　コメントありがと！　なんかホッとした～。家服は、団結！　って感じがして嫌いじゃないんだけど、あのストールの子見たら、ああいうのもありかなって思ったよね。

テーブルを挟んだ向こう側には、圭子と飯島が座っている。圭子はさっきから、ノートパソコンの画面の角度がより見やすくなるように微調整をしてくれている。熱かったコーヒーがどんどん冷めていき、ただの酸っぱい飲み物に変化していく。

美知代は、口の中が絞られているような感覚を消そうと、コーヒーではなく水を飲んだ。

ファミリアをより良くする会。その会と「家」との話し合いの場を設けないか。圭子からそう連絡がきたのは、二日前のことだった。話し合いは、早ければ早いほどいいと言う。あまり乗り気でない美知代や由加に対して、圭子は何度も連絡してきた。

ファミリアをより良くする会。

美知代と、由加以外のファミリアたち。

「お水、いかがですか」

白いシャツのボタンを一番上まで留めたウェイターが、それぞれのグラスに水を追加してくれる。まだ少しだけ残っているコーヒーを片付けようとはしない。美知代はずっと前に、このウェイターが最寄りの駅前で煙草を路上に捨てるところを見たことがある。

いつも「家」のメンバーで利用している喫茶店は、今日は特に、客が少ないように感じた。

「あれも読んでもらったらどうですか」

飯島がそう促すと、圭子は自分の携帯電話をこちらに差し出してきた。画面には、あるメールの文面が表示されている。長い割に改行が一切ないところを見ると、携帯を使い慣れていない人からのメールのようだ。

美知代は、何も言わずにその携帯を受け取る。

「……これ、あるファミリアからのメールです」

飯島は何かを濁すようにそう言うと、また一口、水を飲んだ。いや、グラスに口をつけて、実際には飲んでいないのかもしれない。この間を埋めるには、体を動かすらいしか方法がない。

その丁寧な言葉づかいから、これが誰からのメールなのか、美知代にはすぐにわかった。

――どの公演も、すごく研究してらっしゃるのね、「家」の方々は。

総鑑賞日の出待ちのとき、彼女はいつものように美知代にそう言ってくれていた。ファミリアの中でも最年長となる彼女は、携帯電話を上手に使えない。

メールの内容は、貢献ポイント制をなくしてほしいというものだった。自分には間もなく孫が生まれる。共働きの息子夫婦を手伝ってやりたいため、きっと、これまでのように都心にある劇場に頻繁《ひんぱん》に通うことは難しくなる。周りの友達にも、孫うんぬんの話ではなく、経済的、家庭の事情などでこれまでのようには観劇できない状況になっている人もいる。ファミリア全体の制度を見直してもいい時期ではないか。

圭子を「家」のメンバーに選出したとき、最も反対したのは彼女だった。その彼女がいま、圭子にだけ思いを打ち明けている。

「……読んだ？」

圭子の問いかけに、美知代は無言で頷く。携帯は、圭子のクリームパンのようなてのひらの中に消えた。

「ごめん、電話長引いちゃって」

頭の上から声がして、美知代は初めて、自分の顔が下を向いていたことに気づいた。

「アキ」

圭子のほっとしたような声がする。

「話、任せてごめんね。電話、またかかってきちゃうかもだけど」

アキはそう言うと、手に持っていた携帯を裏返しにしてテーブルの上に置いた。

「仕事、大丈夫なの？」そう聞く圭子に、明日やれば大丈夫なことだと思うんだけど、と、アキが軽く答える。

アキは今日も、レモンイエローのストールをしている。家服と同じ黄色だけれど、こちらの黄色は、職場に行くような服装にもしっくりなじむ。

家服で職場には、絶対に行けない。

アキが戻ってきたので、銀の水差しを抱えたウェイターがテーブルに近寄ってきた。誰の水も減っていないことを確認すると、まるでここがはなから目的地ではなかったかのような動きで別のテーブルのほうへと歩いていった。

椅子に座ったアキが、ふう、と息を吐いて、ストールの位置を直した。圭子がちらりと、目だけでアキの横顔を見る。

テーブルの真ん中に置かれていたパソコンを脇に避《よ》けると、圭子が口を開いた。

「……私、ずっと思ってたけど、言えなかった」

声は小さい。

「今日の話は、提案のつもりで聞いてほしいの」

美知代は、じっと、見慣れた線を見つめる。アキが戻ってきても、圭子の顔は下を向いている。

「ファミリアの制度、変えた方がいいところ、いろいろあると思うの」

圭子は俯《うつむ》くと、顎の肉に線ができる。美知代はこの場所で、その線を何度見てきたかわからない。

「みんなが言ってる家服のこともそう。つかさ様が黄色い家服を強烈に求めているわけじゃないなら、この色に揃える必要はないんじゃないのかなって思ってた」

追加で発注していた家服の色味が少し変わっていたとき。美知代が頼んでいた数と、圭子がまとめて取り置きしておいたチケットの数が違っていたとき。総鑑賞日の入り待ちをうまく仕切ることができず、鑑賞前にファミリアの空気が悪くなってしまったとき。

「それに、他のお客さんたちから、黄色い一画が目について舞台に集中できないって言われてるの、美知代ちゃんは知ってる？」

どんなときも圭子は、美知代の真向いに座って謝っていた。美知代はそのたびに、俯く圭子の顎の下に生まれるゆるやかな線を見つめていた。

いま、圭子の隣には飯島がいて、その隣にはアキがいる。その背後には、多くのファミリアの影が見える。

「この運営方法だったからこそ、いままでうまくやってこれたんじゃないの？」

由加が、組んでいた腕をほどいて、てのひらをテーブルの上に置いた。少し伸びた爪が、カン、と音を立てる。

「私は、家服とか貢献ポイント制のおかげで、つかさ様の応援を続けてこれたんだと思うんだけど」

「つかさ様も」

圭子が、由加の言葉を遮る。

「自分のファンを順位づけしたりしたくないはずだよ」

圭子が顔を上げる。

顎の線が消えた。

「私、ずっとそう思ってた、ほんとは」

ずるい、と、美知代は思った。容姿に恵まれていない、純粋なことだけが取り柄のような弱気な人物が、怯えながらも仲間を増やし顔を上げて立ち向かうだなんて、まるでその中に真実があるみたいだ。これまで立場の弱かった人物が涙をこらえて訴えたものに、圧倒的な力が宿る。そんなつまらないミュージカルのようなこと、現実では起こらない。

美知代が圭子を「家」に選んだとき、ファミリアで最年長のあの人は、嫌悪感を露わにしていた。あの子が「家」で本当に大丈夫なのかしら。あの子、なんだか鈍そうだけれど、つかさ様のサポートをきちんとできるのかしら。

「……確かに、つかさ様に対してたくさんお金を使ってたり、すごく詳しかったり、そういう人がいい席をもらうべきかもしれない。だけど、いくら愛情があっても、どうしてもつかさ様の応援に時間もお金も割けない人だっていると思うの」

圭子を「家」のメンバーにしてから、ファミリアから「家」そのものへの批判は明らかに減っていた。圭子個人の愚鈍《ぐどん》さにファミリアの視線が向くようになったからだ。美知代はそのたびにさりげなく圭子を守り、何をせずとも自らの評価を高めることに成功していた。

「……ごめんね、由加と美知代ちゃんにこんなこと言って。でも、私だけじゃなくて、こういうことを思ってる人って他にもたくさんいるみたいなの」

たっぷりと肉のついた首。絵本の中に描かれているようなデザインの、服や腕時計や靴。頭がよくなくて、仕事をしていなくて、家服のとりまとめすらろくにできない専業主婦。

私が誘ってあげなければ、あなたは、今でもきっとどのグループにも入れなかった。

「変だよね」

圭子ではない声がして、美知代は我に返った。

「つかさ様のことに最も詳しい人、最も貢献した人から順番に偉い、なんて」

アキが話している、と認識したとき、テーブルの端に避《よ》けられていたパソコンの画面がスリープモードになった。

「なんか、学校みたい」

真っ黒いディスプレイに、美知代の横顔が映っている。

「しかも、小学校」

アキはそう言うと、テーブルの真ん中あたりに残されていたマウスを端に避けた。

パソコンの画面がパッと明るくなる。

「小学校って、勉強ができるとか、足が速いとか、なにかひとつ優れたものがあればまとめ役になれた最後の時代だったよね」

明るくなったパソコンには、いろんなファミリアのブログが画面いっぱいに映っている。

「その感じと似てる」

「何、いきなり何言ってんの？」

水で喉を潤すアキを、由加が睨む。

「理科の実験で進行役をやる、とか、合唱で伴奏をやる、とか、しおりの表紙を書きたがる、とか」

アキは気にせず続ける。

「学級委員をやる、とか」

美知代は、アキのほうを見ることができない。

「家、ってつまり、学級委員でしょう。つかさ様に詳しい人から順番に偉いって、そんなたったひとつの項目で人のこと順位づけるの、もうやめようよ」

圭子がちらりとアキのことを見た。飯島が、「アキ」と、小さな声でアキの名を呼んだ。由加が、「いまそんな話してなくない？」と、声のボリュームを落とすことなく言う。

「同じ学校に通って、同じ授業を受けて同じ給食を食べて……もうあのときみたいに、みんな同じ条件で生きているわけじゃないんだから」

周りがいくら動揺していても、アキは何も気にしない。アキはいま、美知代ひとりに対して話している。

「だから、何かひとつだけの項目で順位をつけるなんて、そんなこともう無理なんだよ」

次の学級委員を決めましょう。先生の声が蘇る。同じ机、同じ教科書、同じ時間割、同じ顔ぶれ。この中から、学級委員を決めましょう。みんなが同じ男子を怖がり、同じ女子をかわいいと思う。この中から、そんなみんなをまとめられる学級委員を決めましょう。

「もうね、無理だよ。学級委員はもう、成り立たない」

同じ色の服。同じ焦点。同じ拍手のタイミング。

ここでなら、あの子からもう一度、学級委員を取り戻せるような気がしていた。

「話、ズレてる」

やっとの思いで絞り出した声は、想像していたよりもずっとずっと低かった。

「いまはファミリアの話でしょう。わけわかんないこと言わないでよ」

生身の人間の目から逃げるように、美知代はパソコンの画面を見た。

「つかさ様は前、ブログに、ファンの人がお揃いの服を着てくれていることが嬉しいって書いてた」

ぐ、と腕を動かしてみてやっと、自分の体ががちがちに固まっていたことに気が付く。腕が動くと、そこからするするとほつれていくように、目や脳も動き始めた。

「あんたたちは知らないかもしれないけどね、書いてたのよそうやって。ずっと前に、ブログで」

検索画面にカーソルを運び、クリックする。香北つかさ、と打てば、検索結果のトップに見慣れたブログの画面が現れる。

「ほら」

パッと切り替わったブログのトップ画面には、見慣れない形の文字が横向きに並んでいた。

芸能界引退の御報告。

「なにこれ」

ばらばらと声がこぼれ出る。

「どういうこと？」

　圭子が、飯島が、次々に上半身をパソコンのほうへと伸ばす。美知代を覆ったどこかあたたかいような影は、真っ先に立ち上がった由加の形をしていた。

　ぼうっと、遠くを眺めるように、美知代はその文字を見つめた。

　引退。

「引退？」

「うそでしょ、何これ」

　圭子が泣きそうな顔でアキの服の裾を摑んでいる。「やだ、やだあ」子どものような声を出しているその姿は、私が一番ショックを受けているのです、私が一番取り乱しているのですと世界に対して丁寧に訴えているようにも見えた。

　拝啓　皆様、ますますご清栄のこととお慶《よろこ》び申し上げます。さて、私は×月×日をもちまして、現在所属している事務所との契約を解除させていただきました。いつも、いつでも応援してくださっていたファンの皆様、そして長い間苦楽をともにしてきた事務所のスタッフの方々……まず、私に関わってくださった皆様に感謝の気持ちを申し上げます。本当に、本当にありがとうございました。さて、引退の理由については深く語るつもりはありませ

「ダメ」

　ぷつん、と、細い糸が切れるように、パソコンから発せられていた小さな振動音が

消えた。

「そんなのダメ」

ノートパソコンは、画面を閉じてしまえばスリープモードになる。

「なくさない」

すべての機能を停止したパソコンは、徐々に体温を失って、ただの冷たい塊になる。

「つかさ様が引退しても、ファミリアは絶対になくさない」

そう言葉にしたとき、ふっと、あたたかい影がどこかへと消え去ったのが分かった。

「え、そこ？」

立ち上がっていた由加が腰を下ろす。「ていうか、やばい、頭んなか整理できない」由加がそう言って頭を抱えたとき、真正面から、尖った声が飛んできた。

「つかさ様のこと、心配じゃないの？」

圭子の首にはもう、あの線がない。

「まず考えるのは、つかさ様に何があったか、じゃないの？」

前を向いているからだ。圭子はもう俯いていない。

「真っ先に考えるのは、自分のことなの？」

圭子がこちらを見ている。飯島も、アキも、由加でさえ、こちらを見ている。パソコンはもう閉じてしまった。目を逸らすための逃げ場がない。

「ちょっと、トイレ」

席を立つと、テーブルが揺れて、冷水の入ったグラスがぐらりと傾いた。そのグラスが倒れないようにと手を差し出してくれたのが誰だったのか、もう歩き出していた美知代には分からなかった。

「鍵くらいかけなよ」

背後で開いたドアから、誰かが入ってくるのが見えた。「一応ここトイレなんだから」アキはそう言いながら、ドアを閉めて鍵をかける。

「……入ってこないでよ」

鏡越しに黄色いストールが見える。美知代は、冷たい水で洗ったてのひらをハンカチで拭く。心臓より上のほうに集まっていた熱い血液が、やっと、いつもの温度に戻ったような気がした。

美知代はトイレから出ようと後ろを振り返る。鏡越しではなく、真正面からアキを見つめる。

「美知代ちゃん、なんにも変わってないね」

アキはドアの前から動かない。これでは、トイレから出ることができない。

「理科の実験、修学旅行の班決め、合唱の練習、みんなで作ったしおり」

アキの背後にあるトイレのドアが、ひゅん、と、ものすごく遠くへ飛んでいく。

「美知代ちゃん、そのまま自動的に、今日まで辿り着いたっていう感じがする」

この子は変わった。きれいになった。あの教室にいたころよりも、ずっとずっと。

大人になるにつれて、少しずつ体つきが変わっていったのだろうか。背が伸びたのは、小学校を卒業したあとなのだろうか。

「……アキって、あなた、そんなふうに呼ばれてなかったじゃない」

どこまでも遠くへと離れていくドアを少しでも引き寄せようと、美知代は声を飛ばす。だけど何にも届かない。

「あなた、ずっと、下の名前で」

「中学から、アキ、アキちゃんって呼ばれるようになった。変わりたくて、周りの人たちにアキって呼んでって自分から言った」

ねえ、と、アキは一歩、美知代に近づいた。

「私ね、頑張って変えようとしたの」

アキが一歩こちらに近づくと、ここから出るためのドアがもう一万歩分、遠のいたような気がした。

「ダイエットもしたし、メイクもいっぱい練習した。ずっと笑われてきた髪の毛だって、いろんな方法を試して、やっとこんなふうにまっすぐになった」

ストレートパーマをあてたのだろうか、たとえそうだとしても、あの強いクセがこんなにもきれいになくなるものなのだろうか。

「全部、自分のためにやったの」

低かった背。臭いと笑われていた息。気味悪がられていたしもぶくれの顔。

「飯島ちゃんからファミリアの話をされたとき、ぞっとした」

美知代は、目の前に立っている人物を見て思う。

「あの教室を思い出した」

この人の外見は、よく知っているつもりだった。周りの人にどんな言葉で表現されているのか、何度も何度も聞いてきたはずだった。

「そしたら、ファミリアのリーダーが美知代ちゃんなんだもん。びっくりしたっていうか、納得したっていうか」

けれど、その顔を構成しているひとつひとつの形は、何も知らなかったのだ。瞼《まぶた》のふくらみ、鼻の筋、唇の厚み。そのひとつひとつの形は、実は、きれいだったのだ。

「同じ条件の中でみんなで手をつないで、平等に、手に入らないものを見つめ続けてる。その中で、ちょっとだけ自分がリードしていることに優越感を感じてる。あのと

き は五十嵐君。いまはつかさ様」

ハンカチで拭い逃した水滴が、手首の皮脂《ひし》と混ざり合って肌を滑り落ちていく。

「絶対に近づくことのできないつかさ様に、五十嵐君を重ねてるんでしょ？　そうやって、五十嵐君を手に入れられなかった過去の自分を、必死に認めてあげてるんだよね」

てのひらを握り締めると、ぬるりと指がすべった。

「ねえ、知ってる？」

アキは、幼い子に目線を合わせて話すような声で言う。

「愛季ちゃん、五十嵐君と結婚したんだって。もう二年くらい前だと思う。子どもができたって」

そう、と相槌《あいづち》を打つと、「愛季ちゃんにそっくりの女の子だったんだって」とアキは言った。愛季ちゃん。五十嵐君。修学旅行の夜。あのとき握っていたトランプのカード。

「私は、呼び名を変えるところから始めたよ」

どこかから、蚊《か》の羽音のような音が聞こえた。

「自分を、自分のために変えたくて、そこから始めた」

音は鳴り止まない。

「唐木田さん、美知代ちゃんのこと、なんて呼んでた？」

その音の隙間から、アキの声が美知代の耳にまで手を伸ばしてくる。

「美知代ちゃん」

ヴー。

「修学旅行の夜にさ、最後まで大切そうに持ってたカード、あったよね」

ヴー、ヴー。

「あのカード、結局、使った？」

ヴー。ヴー。ヴー。

「これまでの人生の中で、あのカード使うときあった？」

ヴー、ヴー、ヴー、ヴー。

「はい、明元です」

アキが電話に出た。

「もしもし、聞こえますか？　明元です、販促課の明元むつ美です。申し訳ございません、少々お電話が遠いようなのですが」

アキはドアの鍵を開けると、慌ただしくドアを開けた。「はい、あ、聞こえます聞こえます、失礼ですがもう一度最初からお話伺えますでしょうか」一瞬開いたドアの向こう側に、心配そうな顔をした圭子たちが立っている姿が見えた。

アキって呼んでください。

ファミリアに初めて顔を出したとき、むつ美はそう自己紹介をした。むつ美がトイレから出ていく。ドアが自然に閉まる。

明元むつ美だから、名字のはじめを取って、アキ。飯島ちゃんみたいに、アッキーとか、アキって呼んでもらえればって思います。これからよろしくお願いします。

美知代は磁石を探す。

指揮棒を探す。もう治った指で弾けるピアノを探す。みんなで作ったしおりを探す。修学旅行の夜、最後まで大切に抱えていたあのカードを探す。だけど、そんなものはもうどこにもない。

そんなものは、もうどこにもない。

10

裏向きに重ねられたトランプを胸のあたりに引き寄せたとき、美知代は思わず、小さな声で「やった」とつぶやいてしまった。すぐに、視線だけであたりを見回す。「こんなの絶対勝てるわけないよお」「私のほうが絶対弱い！」周りのみんなは、自分の手持ちカードのことを悪く言うことに必死で、美知代の独り言など誰も聞いていなかったらしい。

美知代は、思わずこぼれそうになる笑みをぐっと堪えた。このカードを持っていれば、大富豪ゲームではかなり有利になる。

「つぎ誰から？」

「大貧民からだから、アッキー？」

「ハイ、その前に大富豪とカードこうかーん」

愛季が、もうやだ〜、と笑いながら、手持ちのカードから最も強い二枚を抜き取っている。大富豪ゲームでは、大きな数字のカードが強い。3から順番に強くなっていき、13を表すキングまでいくと、次に強いのは1を表すエースのカード、さらに強いのが2のカードとなる。ゲームで最下位になってしまうと、手持ちのカードのうちで最も強い二枚のカードを最上位の人に渡さなければいけない。さらに、最上位の人から最も弱い二枚のカードを引き取らなければならない。

愛季が渡しているカードの絵柄が、美知代の角度からははっきりと見えてしまった。ジョーカー。せっかくジョーカーが割り当てられたのに、最下位の愛季はそのカードを手放さなければならないのだ。

ジョーカーは、どんなカードにも化けられるうえに、単体で使用すると2よりもさらに強いため、最強のカードと言われている。ジョーカーを持っていればかなり余裕を持ってゲームに臨めるのだが、そんなジョーカーをも打ち負かすことができるカードがたった一枚だけある。

美知代は、ふうと呼吸を整えた。

「もう〜こんなの絶対勝てない。次も誰か革命してくれていいからね」

愛季がそう言うと、円になっているみんなが笑った。先ほどのゲームは、カードの強さが全て逆になってしまう『革命』というルールにより戦況が一変した。強いカードを最後まで残していた愛季は、見事に負けてしまったのだ。

愛季は、修学旅行までにすっかりクラスに溶け込んでいた。美知代やその取り巻きがいなくても、狭い教室の中をすいすいと器用に泳いでいる。

美知代は、手持ちのカードの両端をそっとカーブさせて、両隣の人にその柄を見られないようにする。あのカードを持っていることは、誰にもバレたくない。

「消灯って何時？　これ、先生が見回りに来るんだっけ？」

誰かが、布団の上に適当に置かれているしおりをぺらぺらとめくる。修学旅行の初日はあっという間に過ぎてしまい、もうあとは宿の部屋で眠るだけだ。ひとつの部屋にふたつの班が泊まるため、畳の上には十人分の布団が敷かれている。

「消灯が九時でしゅうしん?が九時半だって」「なにそれ結局どっちで見回りくるの？」しおりを見ながら眉をひそめているクラスメイトに向かって、美知代は言った。

「どっちも来るみたいだよ。九時に電気が消えてるかどうか確かめに来て、九時半にはみんなが寝てるかどうか見に来るんだって」

そうなんだー、と適当に相槌を打つと、クラスメイトはしおりを布団の上に置いた。一日のスケジュールページ、消灯のあたりをもっとわかりやすく書けばよかった、と、美知代は少し悔しく思う。

「ねえ、ていうかさていうかさ」

クラスメイトのひとりが、うつ伏せに寝転んで肘をついた。足を横に流すように座っている美知代は、彼女のトランプの柄をすべてばっちりと見てしまった。弱い。この子はたぶん勝てない。

「美知代ちゃんたちの班、今日の自由行動、五十嵐君たちと一緒にいなかった?」

「えーっ!」

「なにそれあたし知らなあい!」

女子たちの円が、きゅっと小さくなる。みんな、言いだしっぺの子と同じように、うつ伏せに寝転びはじめた。みんな、髪の毛を頭のてっぺんで一つ結びにしていたり、いつもとはちがうデザインのめがねをかけていたりする。

上半身を起こしているのは、美知代だけだ。

「サイクリングで一緒に回っただけだよ」

愛季が何か反応する前に、美知代はにっこりと笑ってそう言った。「そうそう」「男子、自転車こぐの速かったよね」取り巻きのふたりが、口々に美知代の発言に乗り込んでくる。修学旅行初日は、京都での自由行動だった。大徳寺のあたりから自転車に乗り、金閣寺、二条城、平安神宮を見た。美知代たちが地図がよくわからないという と、壮太たち男子の班がさりげなく前を走って誘導してくれた。最後は鴨川沿いを走り清水寺を見学して、たくさんある返却所のうちのひとつに自転車を返した。全部で十キロほどのコースだったらしく、終わったころにはみんなくたくたになっていた。

明日はクラスのみんなで奈良に行く。自由行動は今日で終わりだ。

「びっくりした、金閣寺の中ではばらばらだったのに、出てくとき、一緒に自転車乗って行っちゃうんだもん。なに、一緒に回ってんのってみんなびっくり」

「ほんと、いつのまにって感じだよねー」ねーえ、と言うと、その子は「ほら、大貧民からだよ。アッキーから」と愛季にカードを出すことを促す。

愛季は、ううとわかりやすく悩みながらも、一枚のカードを抜き取った。

ハートの4が、輪の真ん中に置かれる。

「今日の自由行動って、美知代ちゃんが誘ったの？」

愛季の右隣の子がカードを抜き取る。クラブの6。

美知代がそう答えると、クラブの10を置きながら、「すっごいね美知代ちゃん」と向かいの子が声を上げた。クラブの6からクラブの10、次の人はクラブのカードしか使えない。マークが同じカードが続けて出された場合は、そのあとも、マークが同じ、かつ、さらに強いカードしか出すことができなくなる。

「うん、まあ」

「私、普通に話しかけれない。怖いもん、五十嵐君」

パスがふたり続いた。美知代はクラブのエースを出す。序盤では誰も勝負に出ないのか、全員がパスをする。ターンが途切れ、美知代が親になる。

「怖いけど、でも……かっこいいんだよね」

新しくターンを始めるためのカードを選んでいると、輪のどこかからそんな声が聞こえた。

「わかる。かっこいい。他の男子とはなんか違う感じ、大人っぽいってゆーか」

美知代は、てのひらの中で並ぶカードの向こう側を見下ろす。クラスメイトの頭頂部がぐるりと輪を描いている。

「お兄ちゃんもかっこいいんだよ、中二で、サッカーやってるんだって」

男子がいないと、みんな、男子の話ができる。「超うまいらしいよサッカー」「五十嵐君も中学行ったら絶対サッカー部入るって言ってるよね」中学校に入ったらきっと、壮太は今よりももっとかっこよくなるだろうし、もっともっと話しかけづらくなるだろう。みんな、そんなことはわかっている。わかっているから、いまのうちに、こうして壮太のことを同じ教室内の距離感で消費しておきたいのだ。

美知代がダイヤの6を出すと、隣の子がほっとした顔をしてスペードの8を出した。8は、その時点でターンが切れる。

8を出した子はうきうきした様子で、どのカードからターンを始めるか悩んでいる。自分がいまとても有利な位置にいると思っているみたいだ。

美知代は緩みそうになる口元を筋肉で抑えた。私にはこのカードがある。このまま機会を待ち続けていれば、最終的にはきっと勝てる。

「五十嵐君って、最近、中学生の人たちと遊んでるんだって」

誰かがそう呟いたのと、隣の子がハートの2を出したのはほぼ同時だった。

「えっ何してんの？」

美知代は思わず、たったいま出されたカードを指す。

「え、だって数が小さいやつから出すんじゃ…」

「2は弱く見えるけど強いんだよ。3が一番弱いの。初心者がよくやすミス～」

大富豪が得意だと言っていたゆっこがニヤニヤ笑う。

「えーそうなんだ、じゃあコレ」

改めて出されたカードはハートの3で、皆、ホッとした表情になる。

「……五十嵐君の髪の毛って、中学の人にやってもらったのかな」

「染めてるってこと？」

次のカードは、ダイヤの5。

「不良じゃん、染めてるとか」

「ていうか、中学行くの、怖くない？」

次は、ハートの9。

「私、今日ずっと近くにいたけど」

美知代がそう言うと、寝転んでいる子たちがみんなこちらを見た。

「壮太君、髪の毛、染めたっていうより焼けたんじゃないのかな。なんかそんな感じしたよ」

サッカーとかドライヤーとかで、と続けると、頭のてっぺんで髪の毛を結んでいる子が「ずっと近くにいたとか！」と、布団の上をごろごろと回り始めた。ちょっとやめてよー、と、その左右にいるふたりがけらけらと笑い始める。

次は、クラブのクイーン。

みんな、同じ場所に並んで、五十嵐壮太のことを遠くから眺めている。その中で、壮太と会話をすることができる美知代は、そこから一歩踏み出した場所にいる。

そして、ダイヤの2。

「やばい、ゆっこ、あがる気だよ」

ダイヤの2が出されたとたん、座が沸き始める。「やばい、誰かジョーカーで止めてよ！」「ゆっこニヤニヤしてるよーあがる気だよー」2に勝てるカードはジョーカーしかない。ここでジョーカーを出さなければ、2を出した人から新たなターンが始まる。この場合、そこですべてのカードを捨ててゲームをクリアしてしまう可能性が高い。

「誰、ジョーカー持ってるの」

美知代は、自分のカードをぎゅっと握りしめながらそう言った。「だれだれ～」と、愛季が歌うようにして声を重ねてくる。愛季は、誰がジョーカーを持っているのか知っている。ゲームが始まる前、ジョーカーを手渡しているからだ。

出せ。出せ。美知代は強く念じた。手に力を込めすぎて、カードが曲がる。ジョーカーを出しさえしてくれれば、私がそこでこのカードを
「なあ」

がらっ、と、粗雑な音がして引き戸が開いた。

「えっ、なにっ？」

美知代の取り巻きのうちのひとりが、パッと引き戸の方に振り返った。「なにいき

なり、やだ」戸惑う女子の向こう側には、迷惑そうな表情をした男子がふたり立っている。ぶかぶかのハーフパンツで隠されている小さな膝小僧が、落ち着かない様子で左右に揺れている。

「尾上愛季いる？」

弱々しい声が、部屋の真ん中にまで届いた。愛季がパッと顔を上げる。

「壮太が話あるって」

男子はそう言うと、「ちょっと出てきて」と小さく手招きをした。よく見ると、いつも壮太と遊んでいる男子グループの中でも、よく壮太にプロレスの技をかけられている小柄なふたりだった。

その男子ふたりは、愛季の返事を聞くこともせずに、廊下へと戻ってしまった。一刻でも早く女子の部屋から離れたいのか、すぐに姿が見えなくなる。

「えっ、なに、いまのっ」

ごろごろと転がっていた女子が、がばっと上半身を起こした。愛季は、顔を上げた姿勢から全く動いていない。

一瞬、みんなの動きが止まった。どうするのが正解なのか、誰も分からなかった。

やめときなよ。

美知代はそう言おうと口を開いた。いまから男子の部屋なんて行ったら先生に怒られるよ。やめといたほうがいいよ。

「行ったら？」

美知代が言うより早く、部屋のどこかからそんな声が聞こえた。

その声がスイッチを押した。「そうだよ、行ったほうがいいよ」「え、なにこれなにこれ」「マンガみたい！」いろんな女子が、いろんな言葉を撒き散らしはじめる。たとえ自分が主人公でなくても、いま起きた現象の半径一メートル以内にいることが嬉しくて楽しくてたまらない。みんなそんな表情をしている。

「……ちょっと、行ってくるね」

愛季はすっくと立ち上がると、大きなサイズのスリッパを履いて部屋から出て行った。がんばって！　と、誰かが、誰に向けたのかもわからないような言葉を投げる。

美知代は、手元に残っているトランプを胸元に引き寄せる。

「ねえ、これ、もしかして告白じゃない？」

「絶対そうだよ」

残された女子たちが、みんな、上半身を起こす。

「五十嵐君が？　アッキーに？　ってこと？」

「ってことじゃん！　絶対！」

カードを握る指の腹と、胸のあたりが、どんどんあつくなる。

「ねえ、あとつけようよ！」

「いいのそれ？」

「……行こ！」

ひとりが立ち上がると、続いてもうひとりが立ち上がった。あっという間に、輪を作っていた女子たちがみんな、スリッパをぱたぱたと鳴らしながら部屋から出て行ってしまった。

やわらかい布団に自分の足が埋まっている。自分の髪の毛からは、なじみのないシャンプーの匂いがしている。

どくどくと、血管が波打ち始めた。みんなが手放していったトランプのカードが、そこらじゅうに散らばっている。

てのひらから力が抜ける。美知代は、抱えていたカードをぱらぱらと布団の上に落とした。一枚落ちるたび、そこに描かれているマークや数字がひとつずつ、無効化されていくような気がした。

てのひらの中に、最後のカードが残る。

「行かないの？」

背後から声がした。

振り返ると、むつ美が壁にもたれて座っていた。お風呂に入ったあとだからだろうか、不規則にうねる髪の毛がじっとりと湿っていて、いつもよりもっと気味が悪く見える。

「そのカード」

気味が悪いのに、なぜか、むつ美から目を離すことができない。

「美知代ちゃん、ずっと大切そうに持ってたね」

むつ美は、美知代の持つ一枚のカードに視線を落とした。

「そのカードだけは、ずっと、誰にも見られないようにしてたもんね」

「……何が言いたいの」

声を出すたびに、沼のような布団の中に自分の体が埋もれていく。美知代はそんな気がした。

むつ美は、前髪と前髪のあいだ、めがねのレンズの向こうから美知代のことを見ている。

「スペードの3、いつ使うつもりだったの？」

みんなが置いていったトランプのカードのそばに、誰かのしおりがある。

「いつって……」

そんなこともわからないの、という言葉を口の中だけで咀嚼《そしゃく》して、美知代は言った。

「スペードの3はジョーカーに勝てる唯一のカードなんだよ。そんなことも知らない？　革命が起きれば凄く強いカードにもなるし」

「革命？」

むつ美は薄く笑った。そしてはっきりとした口調で言った。

「革命なんて起きないよ」

むつ美の髪の毛の先から、水滴が一粒、こぼれ落ちる。

「……知らないの？　大富豪」美知代はむつ美よりも大きな声を出す。「さっきは革命が起きてアッキーが大貧民に」

「トランプの話じゃない」

むつ美の声が、畳の上をつるりと滑る。むつ美が描いたしおりの表紙が、部屋の電灯に照らされている。

「どれだけ待ってても、革命なんて起きない」

部屋の外、廊下のずっと奥の方から、おめでとー！　という明るい声がかすかに聞こえてきた。

芸能人のブログ　乗っ取りで騒然

11

カーソルを合わせると、見出しの文字の下に直線が現れる。カチ、と、一度クリックすると、数秒と経たないうちにパソコンの画面が切り替わった。毎秒更新されていくようなニュースサイトの中で、そのニュースはすでにアクセスランキングから外れていた。

数々の芸能人のブログから、×日夜に不審なメッセージが発信された問題で、ブログ管理会社「マメブログネット」は×日、管理システムが不正アクセスを受けたことを明かした。現在、公式サイトを通じてパスワードの再設定を呼びかけている。

騒ぎが発覚したのは×日夜。アイドルグループ「STAARS」のリーダー・KAZUKI（21）のブログに突然「芸能界引退の御報告」という記事がアップされ、一部のファンが騒然となった。内容は、○月末で所属事務所との契約が切れ、そのまま芸能界を引退するというもの。ファン、スタッフに感謝を伝える文章もあり、これがKAZUKIからの投稿だと信じたファンたちがブログのコメント欄に殺到。投稿から一時間もしないうちに、コメントは二千件を超えた。

その後、様々な芸能人のブログでも同じような事態が発生。ファンは続々と混乱に巻き込まれた。KAZUKIはその後、「紛らわしい投稿がありました。KAZUKIが芸能界を引退する予定はありません。ファンの方々にはご迷惑をおかけし、大変申し訳ございませんでした」と新たな投稿にて謝罪。被害に遭った他の芸能人も続々と引退を否定する投稿をしている。

逆に、先日女優を引退する旨の記者会見を開いた沖乃原円《おきのはらまどか》（36）は「私は本当に引退しますよ（笑）」（本文抜粋）という記事を投稿するなど、様々な形で混乱が起きている。

ブログ管理会社「マメブログネット」は、ブログを使用しているユーザーに向かって、注意を呼び掛けている。

画面をスクロールしていくと、このニュースに対する様々なコメントが表示された。トップに表示されている「あなたたちが引退しても別に興味ありません（笑）」

というコメントが、「私もそう思う」という票を最も多く獲得しているようだった。

「江崎」

パソコンの向こう側から、臼木の声がした。

「キャンペーン、調子いいみたいだな。追加で送れっていうの、増えそうだなー」

まあいいことだな、と言うと、臼木はまたキーボードをカタカタと叩き始めた。メール画面を開くと、臼木と美知代に同報送信されているメールがある。件名は、【在庫数確認のお願い】。

美知代はメールの本文をドラッグし、マウスの右のボタンをクリックする。印刷、を選び、プリンターまで歩く。

そばのラックには、新しくなった社内報が置かれている。プリンターは、骨が軋《きし》むような音をたてながら活動を始める。

たった一度だけマウスをクリックすれば、プリンターは自動的に動く。昨日、どんなことがあったとしても、誰に何を言われたとしても、日々は自動的に流れていく。

日々は自動的に流れていく。

それは昔から変わらなかった。だけど、自動的に流れていた日々が、ただそれだけでなく、受動的に流れていくようになってしまったのはいつからだっただろう。

美知代は社内報を手に取る。カシャン、と枷《かせ》が外れるような音がして、一枚の紙がプリンターから出てきた。

美知代の姿はどこにもない社内報の中で、青いユニフォームを着た唐木田が、真面目な顔であぐらをかいている。

フットサル部の活動報告ページの集合写真の右端。丈の長い靴下が、しっかりとしたふくらはぎによく似合っている。マネージャーのような役割をしているのだろうか、若い女性社員の顔もちらほら写っている。

見覚えがある顔があったので、よく見てみると、それは新入社員子だった。服装からすると、彼女が実際にプレーをしたわけではないらしい。

ピンク色のコートを着ているその姿は、ペイントソフトで塗り潰したようなスーツを着ていたあの日の彼女と同一人物に見えなかった。

プリンターから紙が出てくる。日々は受動的に流れていく。

「江崎、これ」

後ろから、臼木が呼びかけてくる。

「倉庫に直接言いにいったほうがいいだろ。あんまり時間ないし」

美知代はプリンターから出てきた紙を手に取ると、社内報をラックに戻す。

事務所を出て、階段を降りながら、たったいまプリントされた文字を目で追う。

【本社でも管理していますが、キャンペーン用のチラシ、キャンペーン対象商品の在庫数をそれぞれ改めて確認させていただきたいです。ただいま増産の個数を検討しているので、工場への発注の関係で、本日の十六時までに在庫数をお聞かせ願えますでしょうか。お忙しいところ申し訳ございませんが、何卒よろしくお願い致します。】

「お疲れ様」

階段を降りたスピードのまま倉庫に向かおうとしていたので、美知代は思わず、体のバランスを崩してしまった。

赤い缶から口を離すと、唐木田はちらりとこちらを見た。自動販売機の置いてあるスペース、L字形のベンチ。唐木田は今日も、Lの直角のところに座っている。

「お疲れ様です」

美知代がそう言うと、唐木田は軽く頭を下げた。唐木田に用事がないときは、これが出会ったときの挨拶であり、その日の会話のすべてになる。

私は、作業着しか見たことがない。美知代は思った。

この人は、休みの日は、空よりも青いユニフォームを着るのだ。それを洗って、干してくれている誰かの胸を、背後から触ったりしているかもしれないのだ。

日々は受動的に流れていく。起きもしない革命を待ちながら。

「すみません、今日の十六時までにこの在庫数を教えてほしいみたいなんですけど」

美知代はプリントアウトした紙を唐木田に差し出す。「今日、発送作業も割と多いですよね？　在庫数チェック、間に合いますか？」

プリントアウトした紙には、キャンペーン対象商品がまとめられている。唐木田は一瞬、目を細めてその一覧を見た。

「まあ、多いけど、多分間に合うと思う」

十六時でしょ、とつぶやきながらその紙を受け取ると、唐木田はもう一口、アセロラジュースを飲んだ。甘く、酸っぱい香りが美知代の鼻の入り口あたりで足踏みをしている。

「でも」

ぐん、と一度喉を上下させると、唐木田は言った。

「江崎さん、内線でよかったのに、わざわざ」

私は、呼び名を変えるところから始めたよ。

「あの」

日々は受動的に流れていく。

使う機会もないカードを、ずっと、胸の前で大切に抱えながら。

「私、エサキ、なんです」

学級委員をして、人前に立って、自動的にあの人の目に自分の姿が映るようにしていた。

「ん？」

入り口でも出口でも、きれいに列を作って、大好きな人が出てくることを待っていた。どれだけ寒くても、どれだけ足が痛くても、そこに立ち続けていれば大好きな人が現れてくれた。

「名字、エザキじゃなくて、エサキなんです」

受動的な日々から抜け出すことができないまま、私はいつのまにか、こんなところまで流れ着いてしまった。

「え？　ああ、おれ、ずっと間違えてた？」

美知代と目を合わせないまま、唐木田はジュースの残りを一気に飲み干した。そして、ふうと息を吐いて言った。

「悪い」

唐木田は中指と親指で、ぐりぐりとプルトップをねじっている。暖房の力が及ばない廊下の一角では、自分の体だけがあたたかい。

「悪くありません」

唐木田の指から、銀色のプルトップが離れる。

「唐木田さんは悪くありません」

カツン、と、小さな音がした。

「わからないですよね。私から言わないと」

いくら待っていても、革命は起きない。

「私から動かないと」

唐木田は小さな声で、「え?」と言ったけれども、美知代の声を聞き取ることをあきらめたのか、特に気に留めていない素振りで腕をひゅっと動かした。

自動販売機のかすかな振動が、美知代の体の中身を震わせる。

呼び名を変えるくらいしかできないほど弱いカードで、自分から、戦い始めるしかない。

「在庫数、また、直接聞きに来ます」

美知代がそうつぶやいたとき、唐木田が投げた缶がちょうど、ゴミ箱の中にまっすぐに落ちていった。

第2章
ハートの2

まるで生きているみたいだ、と、むつ美は思った。メガネのレンズの向こう側に見える毛先は、昨日とはまた違う方向を指している。前に散髪をしたのはいつだっただろう。もうそろそろ切りに行かなければならない。

1

午後一時三分。ちらりと時計を確認しただけなのに、見たくない情報までたくさんくっついてきてしまった。見た目のいい子同士で集まっているグループ、地味な子たちなりに肩を寄せ合っているグループ、種類は様々だが、この教室の中でひとりなのはむつ美くらいだ。さらに、視界に入りきらないところからも、いろんな人の声や音が飛んでくる。むつ美の小さな耳の穴ふたつでは、そのすべてを把握することができない。

中学校の教室は、小学校のときのそれとは全く別物に感じられた。壁や、机や、着ている服の色、そのすべてが物質として別のものになったということもあるが、むつ美にとっては、自分が何かに傷付く可能性がぐっと増した世界のように思えた。知らない子がたくさんいる教室では、どこにいても視点が定まらないので、結局いつも、手元にあるものをじっと見つめてしまう。

一時七分。昼休みは二十五分までだ。中学校に入学して四日目、二時間目と三時間目のあいだの中休みがなくなった時間割に、体はまだ慣れない。

入学式の前に、筆箱を新しくした。春休みが残り半分になった四月一日、むつ美は初めてひとりで電車の切符を買って、少し遠い町の文房具屋に行った。一階から三階までは本やマンガがずらりと並んでいて、四階と五階には文房具や手帳などが置いてある大きなお店だ。奥の方にまで進むと、かわいいシールや色ペンがたくさん揃えられており、試し書きをするための白い紙はとても大きかった。

三月三十一日までは小学生で、四月一日からは中学生。何を飛び越えたわけでもないのに、むつ美はこの日、母の用事についていった帰りにだけ寄れる場所だと思っていたあの大きな本屋は、百八十円さえあればひとりでも行けることを知った。

そのときに買った新しい筆箱は、小学生のときに使っていた箱型のものとは違って、ポーチのような形をしている。チャックを全部開けてしまえば、たくさんの文房具を入れることができる。

一時十一分。まださっきから四分しか経っていない。

むつ美はカバンの中から、黄色い表紙の方眼ノートを取り出した。中学校のクラスメイトはみんな、縦の線がなくなった、大学ノートと呼ばれるものを授業で使用しているようだ。確かにそちらのノートのほうが、スッキリしていて大人っぽく見える。

取り出した方眼ノートの黄色い表紙には、明元修輔、と、名前が書かれている。鉛筆で書かれている弟の名前は、様々なものに擦れてもう消えてしまいそうだ。

一時十五分。昼休みはあと十分。この十分が想像よりも存分に長いことを、むつ美はよく知っている。

筆箱のチャックを全開にする。色が消えるスティックのり、ぎりぎりまで芯が使えるシャーペン、まだ二つの角しか使っていない真四角の消しゴム、ピンクと薄紫で迷って、結局、薄紫のほうを選んだ小さなカッター。

そのすべてにくっついていたり、剝がれかけたりしている、いろんな柄のかけら。あの本屋でどの柄を買おうか選んでいるとき、頭の片隅には修輔の喜ぶ顔があった。普段から落ち着きのない修輔は、むつ美の描いた絵を見ると、もっともっと落ち着きをなくす。

「それ、トーン？」

真横から知らない声がして、むつ美はパッと顔を上げた。

「このかけら、トーン、だよね？」

むつ美の机の隣に立っている女の子はそう言うと、むつ美の筆箱のある一部分にひとさし指の腹を押し当てた。彼女の指には、白、薄いグレー、黒のストライプ模様のかけらがくっついている。シールのように貼ったり剝がしたりできるトーンは、気づかないうちに服などにもくっついてしまっていることが多い。

「あ、ごめん」

むつ美がとっさに謝ると、その女子は「ううん」とあいまいな返事をして、指先にくっついているストライプのかけらをじっと見つめた。つい最近覚えた、トーン、という単語を、この教室の中の誰かが知っているだなんて、むつ美は全く想像していなかった。

そのストライプのトーンは、きのう、『戦魔ハンター・キリト』の着ているぶかぶかのズボンを描くときに使った。服を描くのは苦手だけれど、トーンを貼ればいくらかそれっぽく見える。

「明元さん、マンガ描くの？」

髪の毛が薄い。

トーン、という言葉を知っている彼女を見上げて、むつ美はそう思った。

「トーンまで使うなんて、本格的だよね」

彼女の髪の毛は、どこも曲がっていない。うねうねと曲がりくねるむつ美の髪の毛が生きているみたいだと言うならば、彼女の髪の毛はまるで生まれたての一番きれいな姿のまま死んでいるように見えた。とても細く、かよわく、何百本と集まったとしても、頭皮のすべてを覆い隠すことができていない。

髪の毛の量が少ない。量だけではなく、髪の色も、他のクラスメイトより薄いように見えた。

「マンガを描くわけじゃないんだけど……」むつ美が反射的に方眼ノートを裏返すと、その近くに落ちていた別のトーンのかけらが机の外側へと飛んでいった。「トーン、なんで知ってるの？」

彼女の前髪が揺れる。そのたびに、広い額の一部が、するりと顔を出す。

「漫画家が主人公のドラマがあってね、その人がよく服にくっつけてたの。知ってる？　夜遅いんだけど、八チャンネルで」

チャイムが鳴った。

「あ、じゃあ、またあとで」

彼女はそう言うと、むつ美よりもいくつか後ろの席に座った。後ろを振り返っても、直接話すことはできない。

むつ美は、裏返しの方眼ノートを見つめる。そこには、水玉模様のトーンのかけらがくっついている。確かこれは、ヒロインが持っている傘の柄を表現するために使った。

教室に先生が入ってくる。一時二十五分。

もうちょっと昼休みが長ければよかったのに、と、むつ美は思った。


むつ美の通っていた小学校の生徒は、地区によって、進学する中学校が異なる。小学校からほどほど近い地区に住んでいる七割ほどの生徒はA中学、ほどほど遠い地区に住んでいる三割ほどの生徒はB中学、ほんの一部の、とても遠い地区に住んでいる生徒はC中学。むつ美は、学年でただひとり、C中学に進学した。

むつ美とは違い、弟である修輔《しゅうすけ》の学年には同じ地区に住むクラスメイトが数人いるらしい。修輔はたまに、友達を家に連れてくる。隣の部屋からドタバタとした音を聞くたび、むつ美は、自分には一緒に中学に進学するクラスメイトがいないという幸福な事実をじっくりと噛みしめた。毎日ひとりで歩いていたあの長い通学路は、この中学校に続いていたのだと思った。

六年生の夏以降、付き合っていると噂されていた五十嵐壮太《いがらしそうた》と尾上愛季《おのうえあき》は、そろってA中学に進学した。六年生の後期、新たに学級委員になった愛季は、卒業式のあとみんなで特別にジュースやお菓子が食べられるように先生にかけあってくれた。愛季の計らいのおかげで、むつ美も、むつ美以外の誰も、卒業式のあとにひとりにならずに済んだ。卒業式のあと、先に学校を離れた母は、夕方遅くに帰ってきたむつ美を濃い味の手料理でうれしそうに迎えてくれた。

六年生の夏まで学級委員をしていた江崎美知代《えさきみちよ》は、卒業式が終わると、友達数人とあっという間に帰ってしまった。壮太の周りにいる男子たちは、彼女たちの帰宅により余った紙コップで危なげなピラミッドを作っていた。

修学旅行のしおりを一緒に作った女の子ふたりは、揃ってB中学校へ進学した。一緒に美術部に入ろうね、と、こっそり、だけど絶対に逃がさないようにお互いに目を光らせていたふたりの姿を、むつ美は覚えている。むつ美には、「同じ部活に入ることを約束している友達」は中学校に入学するうえで最も手にしておくべき武器のように思えた。

みんな、春が近づいてくると、その武器をよく研いだ。二人だけの約束、と言いながら、きらりと光る刃先をみんなに見えるように高々と掲げていた。

春休みは、三月のおわりと四月のはじめを合わせて、二週間以上もあった。むつ美には、そのあいだに使える魔法はいくつもあるように感じられた。小学校の同級生がひとりもいない学校に行ける。髪の毛がまっすぐになるかもしれない。痩《や》せてきれいになれるかもしれない。目がぱっちりと大きくなるかもしれない。そんなわけはないのに、最後のランドセルを下ろしたとたん、むつ美はなぜだか自分は生まれ変われるのだと信じた。

髪の毛を濡らして、まっすぐになるように手で伸ばした。それを、お風呂上りに毎日、一時間以上続けた。箪笥の小さな引き出しの中から、水泳道具を引っ張り出した。髪の毛を押し付けるように、ぴちぴちの水泳帽をかぶって眠った。目の前にたっぷりと広がる二週間のその先には、これまでの私のことなんて知らない人たちが待っている。その人たちの前に立つとき、きっと、この髪の毛はまっすぐになっているはずだ。朝、ぶどうの皮を剝くみたいに水泳帽をはぎ取りながら、むつ美はいつもそう信じていた。

「ねえ、部活もう決めた？」

髪の毛の薄い女の子は、放課後もむつ美に声をかけてきた。肩掛けカバンのヒモを一番長く設定しているから、カバンの袋の部分がおしりよりも下にきてしまっている。

「二週間の仮入部、金曜までに決めなきゃでしょ」

彼女はそう言うと、周りのクラスメイトのことをちらりと見た。みんな、入学式の次の日から、放課後は部活の見学をしてまわっているみたいだ。

「部活とか緊張するよねーなんんか」

そう言って歩き始めた彼女の後ろを、むつ美はなんとなく追いかけた。彼女は、おしりの下のカバンを揺らしながら、むつ美がついてきていることをちらりと確認した。

まるで友達のように隣を歩いていいものなのか、むつ美にはよくわからなかった。この子は、私と一緒にいるところを誰かに見られることが嫌ではないのだろうか。むつ美は思わず、木村さん、と、彼女の名前を小さな声で呼んだ。彼女は気づかない。薄い色の髪の毛が、その細い首を隠している。

一緒に歩いていいみたいだ、と、むつ美は思った。

むつ美はこっそり、プリントを後ろの席に配るとき、彼女が自分よりもいくつ後ろの席に座っているのかを数えておいた。そのあと、入学式の日に配られたクラス名簿で彼女の名前を確認した。女子の出席番号一番が明元むつ美、三つ後ろの席に座っていた彼女は、木村志津香《しづか》、のはずだ。

廊下に出ると、まるで、見知らぬ村の中を歩いているような気持ちがした。違う小学校から来た子たちは、不思議とみんな、ひとつふたつ年上に見える。これから毎日この場所に通い続け、やがてそれが当たり前のようになっていくだなんて、このときのむつ美には全く想像できなかった。

「やっぱり美術部？」

廊下を歩いていると、志津香が言った。少しの沈黙のあと、むつ美は、いま話しかけられているのは自分だということにやっと気が付いた。

「え？　なに？」

「絵描くみたいだし、美術部に入るのかなって」

志津香は突然立ち止まると、「でもこういうのは何がすごいのかわかんない」と言った。その場を通り過ぎようとする男子たちが、廊下の真ん中に立ち止まっている志津香をじゃまそうに睨む。むつ美は中学校に入って、どの教室にも五十嵐壮太のような人がいることを知った。教室が十個あれば五十嵐壮太は十人いるし、修学旅行のバスが十台あれば、それぞれの一番後ろの席にはそれぞれの五十嵐壮太が座っている。〝五十嵐壮太〟はその人の個性ではなく、ひとつの教室に必ずひとつは用意されている枠に収まっている人間の総称のようなものなのだ。

廊下の壁には、美術部の生徒のものだろうか、額縁に入れられた絵が飾られていた。むつ美が普段描いている絵とは全く違う雰囲気のものだ。空の上から見た田園風景、そこに人間はひとりもいない。作者の名前の横に書かれている「三年四組」という文字を見て、むつ美には、その絵があまりにも遠い距離に置いてあるように感じられた。三年四組なんて、この校舎の中のどこにあるのだろう。ひとりで足を踏み入れられない場所にある、ということしかわからない。

「描《か》きたいのって、どっちかっていうとこういう感じ？」

志津香はくるんと振り返ると、その向かいに貼ってあるポスターを指さした。細い前髪が動いて、広い額が露わになる。

演劇部仮入部歓迎、という文字の下で、慌ただしそうに駆け回っている男女の姿がある。男女ともに、制服ではない服を着ていて、一番上にはポスター全体を照らすような大きなスポットライトが描かれている。

「こうやって輪郭がちゃんと描かれてる絵って、トーン、貼りやすいんでしょ？」

頭の中で考えていたことをそのまま言われたので、むつ美は「あ、うん」と上の空で返事をした。

「昼休み話したドラマのね、主人公がそう言ってたんだ。漫画家と編集者の話で」

志津香は身振り手振りを加えて、いかにそのドラマが面白いかということを話しはじめる。「編集者役の人がイケメンでね、先週はその人が」廊下の真ん中で熱弁をふるっている志津香のことを、他のクラスの生徒たちが相変わらず訝《いぶか》しげに睨みながら通り過ぎていく。それでも志津香は気にしていない。

気にしていないふりをしている、と、むつ美は思った。

「木村さんは、演劇部に入るの？」

声に出してみたあとで、名簿で覚えた名前が間違っていたらどうしよう、と思ったけれど、志津香は「あ、だめ」と慌ただしく顔の前で手を振った。

「今までずっとキムってあだ名で呼ばれてて、それ、ちょっとやだったんだよね」

あんまりかわいくないじゃん、と言いながら、志津香はさりげなく廊下の端に寄った。坊主頭の男子生徒が、大きなエナメルバッグを揺らしながら空いたスペースを歩いていった。

「志津香っていうの、私。下の名前。だから、志津香とかしーちゃんって呼んで」

志津香はむつ美を見て、言った。

「明元《あきもと》さんはなんて呼ばれてた？」

志津香と目が合ったとき、むつ美の口の中で、愛季が差し出してくれたオレンジジュースの甘い味が蘇った気がした。

「アキ」

むっちゃん、中学校はバラバラになっちゃうけど、これからもよろしくね。

「名字、明元だから。たまに、アッキーって呼ぶ人もいた」

卒業式のあと、愛季は、むつ美に向かってオレンジジュースを差し出してくれた。そして乾杯するように、自分の紙コップの縁をむつ美のそれにこつんと合わせた。

私は、あの子みたいになりたかった。愛季のいなくなった世界で、むつ美は、強く強くそう思った。

「アキモトだからアキかあ。ふうん」

志津香は頷くと、「やっぱ私は演劇部だなあー」とわざとむつ美に聞かせるように語尾を伸ばした。この子は、わざと廊下の真ん中に立ち止まったり、大きな声を出したり、そのことを周りが気にしていることを気にしていないふうを装うことによって、大切な何かを守っているのだとむつ美は思った。

「アキは演劇に興味ない？」

「ない、かも」

本当は、ない、だったけれど、むつ美は一応あいまいな語尾を付け足した。

「ふうん。演劇って、小道具とかいろいろあるから、絵がうまい人って絶対必要なんだって」

これもドラマの受け売りなんだけど、と言う志津香は、むつ美の返事の内容にはあまり興味がないという表情をした。細い前髪の隙間から見える額が、少し汗ばんでいる。

志津香は自転車通学ではなかったので、学校を出たあと、むつ美は自転車を引いて歩いた。「後ろに乗っけてよう」志津香にそうせがまれたけれど、自転車のシールと一緒にもらった注意書きに二人乗りをしてはいけないと書かれていたことを思い出し、むつ美は断った。

「私、あのポスターにトーン貼って、演劇部かわいくしてほしいな。アキに」

少し大きな自転車は、引きながらだと歩きにくい。膝の裏に当たりそうになるペダルのことがどうしても気になってしまう。

「明日、ちょうど金曜日だし、仮入部しにいこうよ」

志津香は、なんてことない様子でそう言った。むつ美は思わず、ペダルから顔をあげた。そこには制服姿の志津香がいて、その向こう側を自転車に乗って通り過ぎていく知らないクラスの子たちがいた。

放課後はこういうところにあったんだ、と、むつ美は思った。誰かが隣にいれば、学校の授業が終わったそのあとの時間は放課後という呼び名に変わる。

志津香の家は、むつ美と同じ方向ではあったけれど、中学校のすぐ近くだった。

「よろしくね、明日」

志津香はそう言って手を振ると、家の中へ入っていった。二階建てのきれいな家だった。

志津香は、廊下のポスターに背を向けてからも、通学路を歩いているあいだも、何度も「演劇部」と口にした。むつ美の中で何かが動いてしまわぬよう、何度も何度も確認しているみたいだった。

むつ美は自転車にまたがる。スカートが広がり、視線が少し高くなる。すると、道の幅もわっと広がったような感覚になる。

立ちこぎをする。風で分かれた前髪はきっと変なふうになっているけれど、このあたりにはむつ美の知っている人は住んでいないはずなので、全く気にならない。

むつ美は思った。

志津香は、中学校から家が近かった。つまり、同じ小学校から、同じように進学している人がたくさんいるはずだ。だけど今日まで、志津香が別の誰かと話しているところをあまり見たことがない。

むつ美は、もっともっと早くペダルをこいだ。体が左右に揺れる。どうでもいいことばかりが巡るこんな頭、まるごと、どこかへ投げてしまいたい。体育で二人組を作るとき、教室から音楽室へ移動するとき、遠足の班を決めるとき、プールの授業を休みたいとき。あんなにも狭い場所にたくさんの人がいるのに、一体誰のそばにいていいかわからなかったとき、むつ美は、ひとりで浮遊している自分をその場にいる全員にじっと見つめられているような気持ちだった。だけどもうこれからは、これまでずっと悩んでいたことに悩まなくていい。それはとても甘くて、爽快な発見だった。

肩にかけたカバンの中で、黄色い表紙の方眼ノートが揺れているのが分かる。むつ美は、修輔の喜ぶ顔を思い出す。

一緒に演劇部に入ったら、志津香はきっと喜んでくれる。私がもっとかわいいポスターを描けば、志津香だけじゃない、演劇部の人だって喜んでくれるかもしれない。そうして絵がうまくなれば、修輔だってもっともっと喜んでくれる。修学旅行のしおりの表紙を描いたとき、愛季が手を叩いて「すごい」と言ってくれたときみたいに。

遠くの方に見える信号の色が、赤から青に変わった。むつ美はさらに、自転車のスピードを上げた。

2

梅雨入りをしてから、数日、雨が降り続いている。窓にへばり付いた雨の粒が、硝子《ガラス》の透明を少しだけ歪ませる。

コンコン、と、ドアを叩く音が聞こえても、むつ美はペンを握る手を止めなかった。その人はむつ美が返事をしなくとも、部屋の中に勝手に入ってくる。

「いる?」

修輔は、クラスメイトに比べて背が小さい。そして、声変りもしていない。それなのにまるで水風船のようにてっぷりと太っているから、なんだかバランスが悪い。

母はよく、「お父さんは背が高くて細いのにねえ」と不思議そうに言う。母の作る料理は味が濃いから、白いご飯がよく進む。

「いるけど」

むつ美は、ドアのあたりに立っているだろう修輔のほうを見ることもなく答える。いま、修輔がどんな表情をしているのか、その手に何を持っているのか、むつ美には手にとるように分かった。

ぎし、と、音がする。部屋に入った修輔がベッドに座ったのだろう。「なんか新しいマンガない？　目えでつかくないやつで」むつ美は修輔が持っているマンガを読むけれど、修輔はむつ美が持っている少女マンガを読まない。

「……何してんの」

しばらく無視していると、修輔はすぐに近くまでやってくる。いつもの流れだ。

「ちょっと、じゃましないでよね」むつ美はポスターに描かれている男子生徒の服の輪郭に合わせて、カッターの刃をゆっくりと動かしていく。ポスターの下絵に重ねられているチェック模様のトーンを、男子生徒が穿いているズボンの形どおりに切り取る。

「えんげきぶ？」

修輔は、語尾に大きなハテナマークをつけて言った。「夏公演？　姉ちゃんもこれ出るの？」目についたものや自分では分からないことをすぐに口に出すクセは、小さなころから変わっていない。

「出ないよ。私は美術班だから」

なあんだ、と歌うように言うと、修輔はまたベッドにどっさりと寝転がった。「なあんだなあんだー」寝転んで足をバタバタさせているのか、布団がつぶれる音がうるさい。修輔はいつも落ち着きがない。

演劇部美術班の仕事は、舞台の装飾や小道具を作ることはもちろん、ポスター、チラシなどの制作も含まれる。家に持ち帰ることができるそれらの作業は、学校での作業時間が足りないときは、自然とむつ美の担当になる。「夏公演、さいごのなつやすみー」修輔が高い声で公演のタイトルを喚いた。寝転んでいるからか、腹から声が出ている。

七月の公演【最後の夏休み】で、いま部にいる三年生は引退を迎える。

「演劇部って楽しい？　おれ、中学行ったら何部入ろっかなー」

修輔は、ベッドの上でごろごろとしながら、たまに足の裏同士をぱちんぱちんと叩き合わせている。むつ美は、握っているカッターに力を込めた。

修輔は、自分が入る部活に選択肢がある。

選択肢。

春、志津香が演劇部の仮入部に誘ってくれたときのことを、むつ美は今でもたまに思い出す。やっと自分も獲得した、同じ部活に入る友達という名の武器。みんなが、その手の中にあることを必死に確かめ合い、見せびらかし合っていたあの武器。それさえ手に入れれば、いままで負けてきたすべてのリングでもう一度戦えるような気さえした。

「これは？　寄せ書き？」

また近寄ってきた修輔が、机のわきに避けられていた色紙を手に取った。

「ちょっと、ダメだってば」

むつ美が手を伸ばしても、ひょいとかわされる。修輔の汗ばんだ指の腹が、先輩たちの書いたメッセージを滲ませてしまわないかと不安になる。

「この人の名字、珍しくねえ？」

修輔が、坂町伸一郎《さかまちしんいちろう》、という文字のあたりを爪でトントンとするので、むつ美はついに、その色紙を力ずくで取り返した。「これはみんなのだからダメなんだってば」少し強い口調でそう言うと、修輔は、なんだよ、とつまらなそうにだらんと腕を下ろした。

往生際が悪いなとむつ美は思う。自分から言い出せないから、修輔はこうして部屋の中をうろうろとしているのだ。

「今日は何冊？」

むつ美からそう聞くと、修輔は腕をだらんとさせたまま答えた。

「……二冊」

修輔はこの部屋に入ってきたときからずっと、右手に黄色い方眼ノートを持っていた。一冊だけの日もあれば、三冊、四冊と持ってくる日もある。

「こっちの算数のほうにはキリト、理科のほうにはユーヤ描いて」

最近アニメになったマンガ『戦魔ハンター・キリト』のキャラクターの名を、修輔はふたつ挙げた。ユーヤか、髪型がめんどくさいんだよな、と、むつ美は思った。

「最近このキャラクターばっかだね」

「明日持ってくから、これ」

「え？　明日？」

思わずむつ美が振り返ると、「だってさあ」と修輔は悪びれることもなく言う。

「明日持ってくって約束しちゃったんだもん、おれ」

ドアを開けた修輔は、少し体をひねって「とにかく、明日の朝までな」とむつ美を睨んできた。机の上に残された真新しい方眼ノートは、蓋をあけたばかりのプリンのように、ふんわりと黄色く輝く。

修輔のノートの表紙では、マンガやアニメのキャラクターがこちらに向かって剣を構えていたり、呪文を唱えていたりする。国語、算数、理科、社会、どの表紙でもそうだ。そして、それらはすべて、むつ美が描いたものだ。

修輔は、その表紙を、自分で描いたのだと友達に話している。そうすると、みんな、おれのノートにも描いて、描いて、と寄ってくる、らしい。

夏公演のポスターと、引退する先輩たちへの寄せ書きと、修輔の友達の方眼ノートが二冊。小さな机は、それだけでもう溢れそうだ。むつ美は両手を真上へ伸ばす。骨が軋むたびに、ううう、と、声が漏れる。

雨の音がうるさい。今日は、傘を忘れた志津香を、相合傘で家まで送ってあげた。濡れずに済んだ志津香は、ありがとうと言った。折りたたみ傘しか持っていない坂町先輩は、アキの傘は大きくて羨ましいと言った。むつ美の描いてくるポスターを楽しみにしているとも言った。

坂町、という珍しい名字の響きが、むつ美は好きだった。自分だけが知っている名前みたいで、呼ぶたびにどこか嬉しくなった。

むつ美は机の上の色紙に触れる。夏公演で引退する三年生への寄せ書きには、もうすでに後輩たちからのメッセージが全員分書かれている。それでも空いてしまうスペースを、むつ美が装飾することになっている。

傘をさせば志津香がありがとうと言ってくれる。方眼ノートの表紙に絵を描けば、修輔も、修輔の友達も喜んでくれる。これまでただのイラストだったポスターにトーンを貼れば、演劇部のみんなが盛り上がってくれる。

むつ美は、色紙に敷き詰められている文字を見つめた。女子にしては字が汚い志津香、むつ美と志津香以外の唯一の一年生の飯島、モリー先輩の意外な丸文字、むらみか先輩の描くバランスのいい星マーク、一人だけ縦書きを貫いている巴《ともえ》先輩。そして、坂町伸一郎、という、控えめに小さく書かれている文字。むつ美は、たった五文字の漢字の、とめ、はね、はらいをそれぞれ、じっと見つめる。

坂町伸一郎。手書きの、たった五文字の向こう側にひろがる想像は、文字にすると何千字、何万字にもなる。

雨の音を聴きながら、むつ美はポスターにトーンを貼り、方眼ノートにアニメのキャラクターを描き、色紙の空いたスペースを装飾していった。そのたびに、周りのみんなからは遅れて手にすることができた武器が、ごりごりと研がれていっているような気がした。

3

坂町先輩は、パイプ椅子を一度に四つ持てる。

「椅子は同じ方向に揃えて、こっちのほうにまとめておいて」

ハァイ、と返事をした志津香が、がちゃがちゃと音をたてながら椅子をたたみ始めた。銀色の骨組みと緑色の薄いクッションのみでできている椅子は、たたんでしまえば厚みをなくしてぺったんこになる。公演中は、演技班と美術班の務める仕事は全く異なるけれど、公演が終わってしまえば、班関係なくみんなで後片づけをする。

冷房のない多目的室は、そこにいるだけで汗が噴き出してくるほど暑い。生地の薄い夏服のスカートの折り目が、パイプ椅子の重さでどんどんつぶれていってしまう。

「坂町、これは？」

モリー先輩が、舞台と舞台袖を仕切るために使っていたパーテーションを指さした。モリー先輩は、坂町先輩よりずっと体が大きい。

「それどこから借りてきたっけ？　むらみかー」

「なにー」多目的室の外から、むらみか先輩が顔を出した。六月に入ってみんなが夏服を着るようになったとき、志津香はむらみか先輩の胸の大きさに大騒ぎしていた。それからというもの、むつ美は、むらみか先輩がいるとつい胸のあたりを確認してしまう。

「あー、パーテーションは体育館から借りてきたかも。モリー運んどいてー」

むらみか先輩はそう言うと、またすぐに多目的室から出ていってしまう。いつもならモリー先輩がぶつぶつぼやくところだけれど、今日は仕方がない。多目的室の外には、色紙を抱えた三年生の先輩たちが名残惜しそうに集まっている。むらみか先輩と巴《ともえ》先輩は、個人的にそれぞれ手紙を用意していたらしい。三年生の先輩たちは、ぐっと眉を下げて、だけど笑顔で、ありがとうありがとうがんばってねがんばってねと繰り返している。

「坂町ィ」

「わかったわかった、一緒に持ってこ」

パーテーションを見てげんなりするモリー先輩の背中を、坂町先輩がぱんぱんと叩いた。守井、と彫られているモリー先輩の名札が揺れる。

演劇部の引退公演を兼ねている夏公演は、毎年、終業式のあとに多目的室で行われる。体育館での長い長い終業式を終えたあとの公演なので、いくら観客用にパイプ椅子を並べたところで、満席になることはない。先輩たちにとっては最後の公演なのに、と、むつ美は少しむなしい気持ちになったけれど、先輩たちはもう慣れているのか、誰も空席なんて気にしていなかった。

「あつういよお、ここ」

「窓開けても全っ然意味ないんだけど」

多目的室から先輩がいなくなった途端、志津香も飯島も、片付けをサボり始めた。

「風すらないってどういうこと」七月二十二日の午後三時四十分は、どこでなにをしていたって暑い。だけど、明日から夏休みだと思えば、どんなことだってあっという間に許せてしまう気がする。

「巴先輩、かっこよかったねえ」

そう言って感嘆のため息を漏らす同学年の飯島は、志津香と違い、テレビドラマや映画よりも舞台やミュージカルが好きらしい。仮入部のときから、ミュージカル好きの巴先輩と意気投合していた。よくふたりで普段テレビなどにはあまり出ていないような人たちがたくさん載っている雑誌を読んでいる。

「あんなにうまいんだったら、巴先輩、これから正式に演技班と掛け持ちってことになるんじゃん」

志津香が壁に貼られているポスターをべりべりと剝がしながら言う。これまでむつ美と同じ美術班として活動していた巴先輩は、今日の公演ではじめて、実際に役を演じた。いつもは大きな声を出すイメージなどない巴先輩の声は、プールの底で手から離れたビート板のように、まっすぐに多目的室の中を貫いていった。

「これからは演技班とか美術班とか関係なくなるかもね」

志津香はそう言うと、「ねー？　アキ？」とむつ美の反応を楽しむように剝がしたポスターをひらひら揺らした。三年生が引退してしまうと、演劇部の人数はぐっと減る。二年生は四人しかいないし、一年生にいたってはむつ美と志津香、飯島の三人だけだ。これまで美術班は大道具などの裏方作業のみに徹していればよかったけれど、これからは今回の巴先輩のように、演技班との掛け持ちをしなくてはならないかもしれない。

「私は絶対無理、演技とか」

パイプ椅子をたたみながらむつ美は答える。「わかんないよそんなの」飯島は軽くそう言うけれど、むつ美にはわかった。

「でも秋は大会だし」ぺりり、と、志津香はポスターを剝がす。

「絶対むり」

「大会だから、大作やりたいし、そしたら人数必要だし」暑いのか、飯島はスカートをぱたぱたとひらめかせる。

「絶対むり」

むつ美がパイプ椅子をたたむと、がちゃんと金属と金属が触れ合う音がした。志津香と飯島はそれ以上、何も言ってこなかった。

開けられたすべての窓から、蟬《せみ》の声が勢いよく投げ込まれてくる。夏公演も終わり、三年生の先輩も引退するのに、夏はこれからようやく始まるらしい。

公演中、美術班であるむつ美はパーテーションの裏側にいた。衣装を着替えやすいように配置したり、必要な小道具を準備しておいたりと、リハーサルどおりに動いていた。ただ、美術班とはいえ、人前に出なければならない場面がある。シーンの転換が行われ、セットを入れ替えるときだ。

次のシーンに必要な道具を抱え、パーテーションの陰から飛び出していくとき、むつ美はいつも息を止めていた。そこは確かに演劇部が作り上げている舞台の一部なのに、むつ美には、自分にとって最も敵の多い場所のように思えた。

公演が始まる直前、むつ美はだらだらと汗をかいていた。まばらに埋まっているパイプ椅子の列の中に、いるはずもないかつてのクラスメイトが座っているような気がしたのだ。

あのころ、むつ美が何か行動を起こすと、みんながクスクスと笑った。なぜか五十嵐壮太のグループとまわることになった修学旅行の自由行動では、壮太の手下のような男子たちにずっと笑われつづけていた。

あのときに見た奈良の大仏は、短い髪の毛がうねり、目が細く、たっぷりと肉をつけていた。むつ美はあのとき、圧倒的に大きなかたまりの前で仁王立ちをしながら、自分はこのかたまりに似ていると思った。男子たちが自分のことを見てナムアミダブツと笑っている理由に、はじめて気が付いた瞬間だった。

自分の姿の醜さはいつも、自分以外の誰かから気づかされる。他人から見える自分は、自分が思っている以上に醜い。

「アキ、私も椅子やるよ」

ポスターや壁に貼られた装飾の撤去を終えたふたりが、むつ美に続いてパイプ椅子をたたみ始めた。がしゃん、がしゃん、と、椅子が楽器のように鳴る。

アキ、と呼ばれて自然に反応できるようになるまで、一ヵ月ほどかかった。

小学六年生のとき、一度だけ、音楽の授業でピアノを弾く愛季の楽譜をめくる役を務めたことがある。確かあのときは、もともと伴奏を務めていた学級委員の子が指をケガしてしまったので、その代わりで愛季がピアノを弾いていたのだ。

ピアノを弾く愛季を見ながら、むつ美は、同じ機能を果たす部位なのにどうしてこんなにも形が違うのだろうと思った。目、鼻、口、首、肩、指、髪。自分も同じ名前のものを身に付けていることが、どうしても信じられなかった。こういう人しか、ピアノの前や人の前に立ってはいけないのだ、と、楽譜をめくるタイミングを見計らいながら、むつ美は何度も何度も確認するように思った。

「ごめん、片付け任せちゃってて」

がらりとドアが開き、むらみか先輩が顔を出した。あまり片付いていない多目的室に驚きながらも、むらみか先輩は片付けを手伝うこともなく自分の荷物を探しはじめる。「巴のもある？」ウエストの部分で二回折り曲げられたスカートが、小さなふたつの膝小僧の上でひらりひらりと自由に動いている。

「巴泣いちゃって。あたし荷物届けてくるから」

三年生の先輩たちは、まだ校内のどこかで集まっているらしい。いつも冷静なイメージのある巴先輩が泣いているところを想像すると、むつ美はなんだかドキドキした。

「あ」

二人分の荷物を抱えたむらみか先輩は、むつ美を見つけると、よそゆきの笑顔で言った。

「ありがとね、色紙。明元さん、ほんと絵うまいんだね」

ポスターも、と付け足すと、むらみか先輩は多目的室から出て行ってしまった。お疲れ様です、という一年生三人の声が、ドアに届く前にぽとんと落ちる。

「……早く片付けてうちらも帰ろ」

飯島が、がしゃん、と音をたてる。がしゃん、がしゃん。金属音の残響は、人間の沈黙をより際立たせる。

むらみか先輩はきれいだ。真ん中で分けられた前髪は、整えられた眉と切れ長の二重瞼をじゃましない。四月のはじめが誕生日なので、学年の誰よりも早くひとつ年上になる体は、舞台の上に立つために作られたかのように減《め》り張りがあって美しい。

むつ美と話をするとき、むらみか先輩の声や顔は少しよそゆきのそれになる。むらみか先輩は、むつ美や志津香に校内で会ったとしても、声をかけたりはしない。

「三年生、いなくなっちゃったんだね」

この三人でいると、話し出すのはいつも志津香だ。

「私、あの色紙ではじめてむらみか先輩の本名知った。村井実花子っていうんだね、だからむらみか」「えっ今更すぎじゃない？」飯島がけらけら笑う。先輩たちがいなくなり、気が抜けたようだ。「ていうか色紙、意外と書くことなくて焦ったんだけど」「あ、わかる。だからさ、ほんと」

志津香がため息をつきながら言った。

「アキが絵とかいっぱい描いてくれて助かったかも」

がしゃん。

私、あのポスターにトーン貼って、演劇部かわいくしてほしいな。アキに。

こっちの算数のほうにはキリト、理科のほうにはユーヤ描いて。

ありがとね、色紙。明元さん、ほんと絵うまいんだね。

アキが絵とかいっぱい描いてくれて助かったかも。

がしゃん。

最後の椅子をたたみ終えると、多目的室はかなりすっきりとした。「これ終わったら帰っていいの？」「坂町先輩たち帰ってこないのかな」そう言う二人の向こう側の壁に、一枚、剝がし忘れているポスターがある。

男の子と女の子が背中合わせで立っている様子が、バストアップの構図で描かれている。

むつ美は、てのひらと靴を上手に描くことができない。だから何を描くときでも、てのひらと靴がうまく隠れるようなポーズや構図を選んできた。

「あれ？」

むつ美が最後のポスターを剝がしたときと、多目的室のドアが開いたのは同じタイミングだった。

「二年の女子は？」

モリー先輩は、首からかけたタオルで顔の汗を拭いている。体育館まで運んだパーテーションがやはり重かったらしい。「三年生の先輩たちとどこか行っちゃいましたぁ」志津香が正直に答えると、あいつらふざけんなよなあ、と、モリー先輩はその場にあぐらをかいた。たっぷりとした背中を覆うシャツがピンと張る。

坂町先輩は多目的室をぐるりと見渡して、「片付け終わってる、すげー」パラパラと拍手をした。むつ美たち一年生も、パーテーションありがとうございました、と、一応お礼を言う。

みんなで多目的室を出て、職員室へと向かった。片付けの終了を先生に伝えればいいだけなのに、冷房が効いているからという理由で、坂町先輩に続いてモリー先輩も職員室に入っていった。

じいじいという蟬の声を追いかけるように、むつ美の首筋に、汗が伝う。誰もいない廊下、両側には、志津香と飯島がいる。職員室の中から、坂町先輩とモリー先輩の笑い声が聞こえてくる。「アイス食べたくない?」志津香の提案に、飯島が適当に相槌を打っている。

ここにも放課後がある。

むつ美は、まるで自分が、とてもやせていて、かわいくて、髪の毛も真っ直ぐな、アキであるような気がした。ほんの一瞬だったけれども、ふわっと全身の臓器が浮き上がるような、そんな気持ちに襲われた。

「演技班のふたりは、これからいっぱい役が増えると思うから。よろしく」

昇降口に着くと、坂町先輩は少し背伸びをして、下駄箱の一番上の棚から自分のスニーカーを取り出した。逆に、体の大きなモリー先輩は体を丸めて一番下の段に手を伸ばしている。

「七人になるのか」

「なあ」坂町先輩のひとりごとに、モリー先輩が相槌を打つ。「少なくなったよなあ、おれたち」

モリー先輩は、かかとを踏みつぶしてしまっているから、スニーカーが大きなスリッパみたいになっている。そのすぐそばで、「ちょっと待てって」と、坂町先輩が紐を結び直している。

「じゃあ、お疲れ様でした、坂町ぶちょお」

志津香が、ぶちょお、の部分を茶化すように言うと、坂町先輩は「いまバカにした？」と顔をしかめた。公演のあと、新しく部長に任命されたのは、坂町先輩だった。

お疲れ様でした、と、志津香に続く形でむつ美はぺこりと礼をする。そのついでに、靴の紐を結ぶ坂町先輩の手の甲を見つめた。

「あ、ポスターすげえよかった」

爪が広い指、意外と大きな靴、落ち着いた声。

「美術班減っちゃったけど、まあアキがいるから大丈夫だな」

坂町先輩は、むつ美が上手に描けない部分ばかり、かっこいい。

坂町先輩のことを好きだと思った瞬間を、むつ美ははっきりと覚えている。だから、何度も何度もその瞬間を思い出して、何度も何度も好きになることができた。

仮入部当初から演技班を希望していた志津香と飯島は、演技班の先輩から、発声の練習方法を熱心に教えられていた。美術班を志望したむつ美は、発声の練習には参加しなかった。

衣装に詳しい巴先輩と、大道具が得意な坂町先輩は、このころから演技班と掛け持ちをしはじめていたので、なかなかむつ美に構っている時間がなさそうだった。その他の美術班は三年生ばかりだったので、むつ美はなんとなく居場所を探しあぐねていた。

二週間の仮入部期間が過ぎ、ゴールデンウィークを終えると、あっという間に夏公演の準備が始まった。三年生の引退公演でもあり、一年生のお披露目でもある夏公演は、一年の中でも大切な舞台だ。

公演は、すでにあるものを演じ直す場合もあれば、全く新しいものを一から作るときもあった。「夏公演はリメイク、秋はみんなで新しく考えることが多いかな」坂町先輩はそう言っていたけれど、どちらにしろ、美術班は内容を考える段階から話し合いに参加する。どのシーンでどんな演出をすれば効果的なのか、そのすべてを考えなければならないからだ。

今年の夏公演は、学校が舞台のものに決まったので、美術班の仕事はそこまで多くはなさそうだった。ただ、出演者がたくさん必要なため、美術班のほとんどが演技班と掛け持ちをすることになった。

むつ美は、絶対に演技はしない、と、固く誓っていた。

むつ美は主に、場面転換のための背景を担当した。教室の絵は必要なかったので、家の中という設定をわからせるためのドアや窓、他にもシーンの多いバス停や電話ボックスを描いた。

はじめて、多目的室ですべてのシーンを通した日だった。

むつ美は、背景の絵を貼り替えるタイミング、パーテーションを移動させるきっかけ、位置、そのすべてを前日のうちに何度も何度も確認し、その日の練習に臨んでいた。

「なにしてんの」

練習が終わったあと、むつ美がこっそりと画材を準備していると、坂町先輩が声をかけてきた。もうみんな帰ってしまったと思っていたので、かなり驚いてしまった。

「そんな怯えなくても……背景の直し？」いろいろなものをまたぎながら、坂町先輩はむつ美の方へと近づいてくる。

「……バス停、もうちょっと青をハッキリさせないとわかりにくい気がしたので」

むつ美はそう答えながら、自分の絵の具セットから適当に取りだしてきた青のチューブのキャップをねじった。

「なんで演劇部？」

絵筆に水を染み込ませていると、ふと、坂町先輩が言った。

「アキ、演技班との掛け持ち、すげえいやがってるよね」

むつ美は坂町先輩の顔を見た。怒っているのかと思った。「だったらさ、美術部とかあるわけじゃん」坂町先輩は、特に表情を変えることもなく、手に取った筆の先を弄《もてあそ》んでいた。

手がきれい。

むつ美はこのときはじめて、自分が坂町先輩の姿形をきちんと捉えたのだと思った。

「志津香に誘われたからです」

むつ美は、何かをごまかすように、青の絵の具をパレットに出しきる。このチューブだけでは絵の具が足りないかもしれない。

「ふうん」

坂町先輩は、弄んでいた筆の先を水に浸した。

「おれは、ひとりで描いててもつまんないからだったな」

そう言うと、坂町先輩は、むつ美と一緒にパレットの中の青い絵の具をかき混ぜはじめた。それぞれの筆先が混ざり合うようにして、絵の具を溶かしていく。

私もです。

口の中で二度、そう言ってみたときだった。

「ていうか何これ、絵の具全然足りないじゃん」

絵の具を追加しようとした坂町先輩が、拍子抜けしたような声を出した。「塗り替えたいんだよな？　バス停」と、こちらを覗き込んできたとき、はじめて、むつ美の両目が坂町先輩の両目の真向いの位置に置かれた。

絵の具セットから、新しい青の絵の具チューブを持ってくればいい。頭ではそうわかっていた。だけどそのときむつ美は、頭で考えるより先に体が動くということを、はじめて体験した。

「でも、青の絵の具、もうなかったです」

「げっ」

坂町先輩が顔をしかめる姿を見て、むつ美はもう一度言った。

「絵の具、これしかないんです」

坂町先輩とふたりで、このチューブを一緒に使いたい。むつ美はそう思った。

この人が、うまくいかない物事について考える顔や、事態が好転して喜ぶ顔や、そういういろんなところをぜんぶ見たいと思った。チューブを力任せにねじってみたり、ハサミで半分に切って筆を突っ込んでみたり、チューブに水を入れて絵の具が固まってしまっている部分を溶かしたり、そういういろんな動きをぜんぶぜんぶ見てみたいと、むつ美は思った。

4

誰かに似ている。むつ美はそう思いながら、しょっぱい味のする指をなめた。

「この人、むらみか先輩に似てない？」

「え、どれ？」ぐい、と、志津香が身を乗り出す。そのせいでテレビの画面が見えなくなる。

「これ、ほら、ていうかヒロインだからわかりやすいでしょ」飯島がテレビの画面を直接指さす。さらによく見えなくなる。

「あー似てるかも！　巨乳なとことか！」

「そこ？」呆れたように言うと、むつ美はティッシュで指を拭いた。ポテトチップスは好きだけれど、志津香の選んだ味はとても濃い。

「この人名前なんていうの？」

志津香が、ティッシュで拭いていないままの手でカーペットを触っている。「えっとねえ、ちょっと待って」雑誌に顔をうずめている飯島は、カーペットを汚されていることに気づいていない。

うちにミュージカルのビデオがあるから、と誘ってきた飯島の家は、むつ美の家とは中学校を挟んで反対方向の場所にあった。友達の家に行くということ自体がはじめてのむつ美は、家からお菓子を持ってきている志津香を見て、急に緊張した。他にも、自分が知らないけれどもしておくべきことがあるのではないかと心配になった。

「この人だ、たぶん。メイクとかでけっこう変わってるけど」

飯島が、こちらに向かって雑誌を広げてくれる。同じくミュージカル好きな巴先輩とよく見ているこの雑誌は、どうやら毎月発行されているらしく、飯島の母親が購読しているようだ。そもそも飯島は母親の影響でミュージカルを好きになったという。テレビのある部屋にはその映像が収められたビデオがたくさん並んでいた。

「きれい。確かに似てるかもね、目とか」

むつ美はそう言いながらも、むらみか先輩よりもこの人に似ている人を知っている、と思った。

飯島が差し込んだビデオテープのラベルには、【新人公演】という文字があった。

「ほら見て、まだ十五歳とか十六歳もいんの」飯島が抱える何冊かの雑誌の中には名鑑のようなものもあり、そこにはクラス名簿では見たことのないような派手な名前と顔写真がずらりと並んでいた。

「ここで主役をやるってことはね、そのままトップスターになる確率も高いんだって」

トップスター、とむつ美も声に出してみたものの、その非日常的な言葉は、口の中に残っているポテトチップスとうまく混ざり合わない。

スター候補生たちが、四角い画面の中で歌い、踊っている。むつ美の知らない歌だけれども、ヒロインが悲しみにむせび泣いているということは、伝わってくる。舞台、客席にいる全員が、そのヒロインのことを見つめている。

愛季は元気にしているだろうか。

ふと、むつ美は思った。この子は、むらみか先輩よりもずっと、愛季に似ている。でもそれは、見た目の問題ではない。ある限られた空間の中心に立つべくして立っている、という点が二人のシルエットを同じ輪郭に仕立て上げていた。

「アキ」

パタンと、飯島が雑誌を閉じた。

「次の公演も、演技班との掛け持ちしないの？」

次の公演、とは、十一月に開かれる地区の演劇発表大会のことだ。演劇部にとって、この演劇大会で金賞をとることが一年間での最大の目標となる。

「しないよ」

「じゃあ最高でも六人でできるやつってことかぁ」志津香はそう言うと、一度に三枚のポテトチップスを手に取り、そのままばりばりと豪快に嚙《か》み砕いた。

「秋の大会、ミュージカルがいいな」飯島と志津香はもう、テレビの画面を見ていない。「えー、私は夏公演みたいなのがいい。普通のお芝居。歌えないし踊れない人でミュージカルとか絶対ダサいって」一応、夏休みの宿題を持ち寄ってはいるけれど、三人ともカバンの中から筆記用具さえ取り出していない。

「風野《かぜの》先輩引退しちゃったしなあ」

「え、飯島ちゃんって風野先輩のこと好きだったの？」

「えっちがっ」

「ちょっとアキ聞いた、この子三年の風野先輩のこと」

そのとき、一瞬、テレビ画面が真っ暗になった。舞台が暗転したらしい。四角い暗闇に、自分たちの姿が映し出される。

むつ美は反射的に画面から目を逸らした。

演技班と掛け持ちなんか、できるはずがない。

「風野先輩、一番歌えそうだったじゃん、声でかかったし」

「なんだそういうこと？」

つまんないの、と志津香はまたお菓子に手を伸ばす。自分で持ってきたものだけれど、ほとんど自分で食べてしまっている。

画面の中の舞台が明転した。シーンが変わっている。さきほどまで舞台の真ん中に突き刺さったように泣いていたヒロインは、舞台袖に消えている。

その代わりに、男装をした人が何人か、舞台の上に立っている。

「飯島ちゃん」

むつ美は思わず、テレビに向かって身を乗り出した。

「これ誰、この、男の人の役やってる人」

むつ美は画面を指さす。「指さしちゃ見えないってー」志津香がまた、指についた油をカーペットで拭っている。「え？　どの人？」飯島はまた、志津香の指の動きを見逃した。


どん、と、壁の向こうで音が鳴る。さっきまで一階でテレビゲームをしていたようだけれど、いつのまにか二階の自室に上がってきたみたいだ。修輔は夏休みの間、小学校のプール教室に必ず出席しており、大体その帰りにはこうして友達を連れてくる。


むつ美は、勉強机の上で雑誌を広げる。汗ばんだむき出しの腕に、てろてろと輝く誌面がぴったりとくっついてしまう。

【研究科3年　香北つかさ】

あの日、飯島が教えてくれた「男の人の役やってる人」は、雑誌のページの隅っこでぎこちなく笑っていた。

名字は、こうほく、と読むらしい。研究科三年、というのは、どうやら学校の学年のようなもので、ビデオで観た新人公演には七年生まで出演しているという。香北つかさが載っている号は飯島の家にもこの一冊しかなく、いつページを開いても彼女は同じ顔をしたままそこにいた。

舞台に立っている姿が、似ていた。

お父さんに。

どん、と、また壁に何かぶつかる音がした。男子ってどうして集まるとすぐにプロレスみたいなことをするのだろう。「やめろよお」楽しそうな修輔の声が、壁越しに聞こえてくる。

むつ美は視線を雑誌に戻す。香北つかさが舞台に立つ姿は、背が高くて細身の父が、朝、会社に行く前に玄関に立つ姿に似ていた。

そして、それならばほんの少しだけ、自分にも似ているのかもしれないと、むつ美はそう思った。

お前、ほんとにあのノートのやつ自分で描いてんの？　ほんとに？

壁一枚挟んだ向こう側から、男の子たちの声が聞こえてくる。むつ美は、じっと、雑誌のそのページを見つめる。一重、短い髪、周りの子たちと比べると少し肉付きのいい体。

へえ。じゃあいま描いてよ。キリト描いてよ、おれたちの目の前で。

いまは道具がないから無理。次のプールのとき持ってくって。

壁の向こうから聞こえてくる声に、むつ美は耳をふさぐ。香北つかさ。研究科三年。男役。ほんの少しだけ、自分に似ているような気がする人。

じっとりと汗を噴き出すてのひらが、借りものの雑誌を波打たせる。

明日の天気予報は雨。いつにも増してうねっている髪の毛が、汗で額にくっついている。

5

二年前、若い建築家がリニューアルを手がけたという隣の市の文化会館は、少し複雑な構造をしていた。むつ美はトイレの個室のドアを閉めながら、早速、集合場所への戻り方をシミュレーションする。

秋の演劇発表大会には、地区内にある二十近くの中学校の演劇部が参加する。すべての中学校に演劇部があるわけではないけれども、演劇部を擁する中学校のほとんどがこの文化会館に集まっている。

二学期が始まってすぐのころ、坂町先輩を中心に、この演劇発表大会でどの演目を上演するのかを話し合った。もともとは美術班だった坂町先輩と巴先輩は、三年生が引退したあとはほとんど演技班の一員として活動していた。「アキがいるから美術班は安心だよ」坂町先輩はそう言って、美術班の仕事のほとんどをむつ美に任せてくれた。ひとりで美術班の仕事を担当するのは確かに大変だったけれど、その分やりがいが増えたし、演技班と直接やりとりすることも増えた。香北つかさが好きだ、ということを巴先輩に伝えると、飯島だけでなく、巴先輩もいくつか雑誌を貸してくれるようになった。

スカートをたくし上げ、パンツを下ろす。白い便座はとても冷たいので、むつ美は一瞬、息を止める。

エレベーターに閉じ込められた男女六人による、ミステリアスな密室劇。秋の発表大会には、そんな演目が選ばれた。もともとどこかの劇団が上演していた演目で、中学生演劇用に脚本が改変されている。

場面転換のほとんどない密室劇ならば、美術班の仕事はひとりでもどうにかなる量に納まる。むつ美はエレベーターの背景を描き終えたとき、話し合いの中でこの演目を一番に推していた坂町先輩の心の裏側を、少し覗いたような気がした。

我慢していた尿が出始める。ひとりでトイレに来たから、隣の個室にその音が漏れ聞こえることを気にしなくてもいい。志津香も飯島も、衣装に着替えたりいまさら台本を読み直したりと、控室で忙しそうにしていた。

親友の誕生日パーティに行くためにおめかしをしているOL。大事な取引先との会食へ向かう予定のサラリーマン。片思いの男の子と映画に行く約束をしている女子高生。大学生の孫から「交通事故を起こしたから金を振り込んでほしい」と電話がかかってきて思わず家を飛び出したおじいさん。お母さんとケンカをして、家出をするつもりの女の子。今から初めて日本のスーパーに出かけようとしていた外国人留学生。見ず知らずの六人が、あるエレベーターに閉じこめられてしまう。

「志津香ちゃんは、外国人留学生の役がいいんじゃない？」

配役を決める話し合いをしているとき、むらみか先輩は不意にそう言った。

志津香はそのとき、「外国人なんて無理ですよお、英語しゃべれませんし」とおおげさな調子で答えた。しかし、むらみか先輩は「あ、いや、そういうことじゃなくって」と続けたあと、少し笑いながら言った。

「そうすれば、ほら、金髪のかつらとかかぶっても自然だし」

用を足して、水を流す。トイレの個室から出ると、むつ美は鏡を見た。肌寒い季節に入ってからは、梅雨のころに比べると髪の毛のうねりは少し落ち着いているように感じる。

むらみか先輩は今でも、志津香のことを志津香ちゃんと呼ぶ。志津香とは呼ばない。むつ美のことは、明元さんと呼ぶ。アキとは呼ばない。飯島のことも、飯島さんと呼ぶ。絶対に、友達のように名前を呼び捨てで呼んだりはしない。

通し練習が行われるようになってしばらくすると、衣装つきでの練習が始まる。志津香はその日までに、どこからか金髪のかつらを手に入れてきていた。むつ美にも、飯島にも、一緒に買いに行こうとは言ってこなかった。

そのときのことを思い出すと、むつ美の心は裏返りそうになる。浅瀬の小石のように、ほんの少しの力でいとも簡単に転がってしまいそうになる。

トイレの水は冷たい。むつ美は手を洗いながら、ハンカチをカバンの中に忘れてきたことに気が付いた。濡れたままのてのひらの行き先がなくなる。

この発表大会が終わったら、きっとまた、坂町先輩やモリー先輩に、演技班との掛け持ちを勧められる。こうも人数が少ないと、出演者がたったひとり増えるだけでも、できる演目の数はかなり変わってくる。

だけど、と、むつ美は思う。ひらひらと動かすてのひらから飛び散った水滴が、鏡を濡らした。

はじめてかつらをかぶったとき、志津香はむつ美の方を向いて「似合うっ?」とおどけてみせた。薄い黒髪が人工的な金色に覆い尽くされている姿を見たときの気持ち

「なに、むっちゃんも演劇部入ってたんだ、こんなとこで会えるなんてびっくり」

むつ美はおそるおそる振り返る。「ひさしぶり」声に出してみる。そんなに身長の変わらなかったはずの愛季に見下ろされていると感じたとき、むつ美はいま、自分の背中が猫よりも深く曲がっているのだろうと思った。

「なになに、むっちゃんも今日出るの？」

愛季の笑顔の向こう側にいる演劇部の子たちが、むつ美と志津香のことを見ている。彼らの視線は定まっていない。

むつ美の髪の毛と、志津香の髪の毛を交互に見ているから、視線が定まっていない。

「私は出ないよ」

むつ美は答える。この人の前で、舞台に立つだなんて、そんなこと言えるはずがなかった。

「そうなんだ、じゃあ大道具とか？　絵、うまかったもんね」

卒業式ぶりだよね、と、愛季はうれしそうにしゃべり続ける。カラフルなスカートと制服、ちぐはぐな格好をしている志津香と、何も言えないむつ美だけが、いくつかの視線の中でめりめりとむき出しになっていく。

ねえ、と、愛季は息継ぎをして言った。

「むっちゃん、いま、アキって呼ばれてるの？」

愛季の向こう側で、誰かが、ふっと小さく笑った。

神様はいる。むつ美はそう思う。神様はこうして、たまに、忘れられないようにしてくれる。自分が生きていくべき場所を、勘違いさせないようにしてくれる。

演技班との掛け持ちなんて、絶対にできない。「そういえばむっちゃん、控室どこかわかる？　私たち先輩とはぐれちゃって」愛季の無邪気な声が、丸まっているむつ美の背中にひとつひとつ積み重なっていく。


【先輩に聞く！　第四回】

劇団を卒業された大先輩に、研究科所属の生徒がインタビューを行う企画の第四回。今回のゲストは、昨年卒業された、夢組元トップの桜木麗《さくらぎれい》。ダンス、歌、演技、どれも申し分のない実力で、長い間夢組を引っ張ってくれました。卒業後もドラマ、映画、舞台と大活躍の先輩にインタビューをするのは、新人公演を無事終えたばかりの沖乃原円《おきのはらまどか》（研究科三年）、香北つかさ（研究科三年）です。

ここで学んだことはすべて　未来に活かされる

沖乃原円・香北つかさ（以下、沖乃原・香北）「今日はよろしくお願いします！」
桜木麗（以下、桜木）「はい、よろしくお願いします」
沖乃原・香北「……」
桜木「緊張してる？（笑）」
沖乃原・香北「はい」
桜木「始まる前はけっこう饒舌《じょうぜつ》に話してたじゃない（笑）。つかささんの劇団に入ったきっかけの話、すごく面白かったわよ。私の話なんかよりそっちを載せたほうがいいんじゃないかってくらい（笑）……冗談は置いといて、せっかくこうしてお会いする機会をいただいたので、今日はなんでも聞いてくださいね」
沖乃原「ありがとうございます！　それじゃあ、遠慮なく、聞かせていただきます」
香北「桜木さんは一年前に夢組を卒業されていますが、卒業したあとと劇団で活動されていたころとは、何が違うと感じられますか？」

桜木「手元の資料思いっきり読んでるけど大丈夫？（笑）んー、なんていうのかな、やっぱりここで学べることって本当に多いんだなって日々感じますね。外に出たら、発声の基礎やストレッチの仕方なんて、誰も教えてくれない。それどころか、挨拶とか、目上の方への接し方とか、そういうことも」

香北「そうなんですか」

桜木「そう。だからね、演技をすることにだけ集中できるの。それ以外のことはこの劇団にいる間に自然に身に付けられるから」

沖乃原「すごい」

桜木「若い女優さん、俳優さんと仕事をすることも多いけれど、みんな、演技のことを考える前にそれ以外のことに労力を使ってしまっている感じがする。その点、あなたたちは本当にラッキーだと思う。ここで学んだことはすべて、未来に活かされると思ったほうがいいよ。って、なんか偉そうかな？（笑）」

香北「そんな、偉そうだなんて。ありがたいです」

恐れずに何でも挑戦　若い世代に伝えたいこと

沖乃原「いま、若い世代の人の話が出ましたが、私たち研究科の生徒を見ていてなにか思うことはありますか？」
香北「前回の新人公演、見に来てくださっていたとうかがいました」
桜木「うわ、ごめんなさいね、怖いよね、先輩が見に来てるっていう情報」
沖乃原・香北「いえいえいえ！　ありがたいです！」
桜木「私が新人公演してたときは先輩が来るのいやだったけどな（笑）。それで、あれだよね、若い世代に思うこと、だよね」
沖乃原・香北「はい、ぜひ、お願いします」
桜木「なんだろうね……んーなんか、本当に言葉にすると陳腐《ちんぷ》で申し訳ないんだけど、ほんとに何でも挑戦してほしいって思う。いましか挑戦できないことって、自分が思ってるよりもずっとずっと多いと思うから。ってどう言ってもどこかで聞いたことある感じになっちゃうね（笑）」
沖乃原「挑戦、ですか？」
桜木「うん。もちろんお稽古とか役のこととかも含めてなんだけど、それ以外でもなんでもいいの。全然深い意味があるようなことじゃなくたっていいのよ、例えば外見にまつわることとか」
香北「外見にまつわること……例えばどんなことでしょうか」

桜木「私ね、学校に入るための試験も男役で受けたんだけど、心のどこかで迷いがあったのよ。身長も百六十五、六で、そこまで高いわけではないし、体つきもどちらかというと女性っぽかったしね。男役で勝負するんだ！ っていう決め手が見つからなくて」
香北「はい」
桜木「身長も体重もパッと変えられるものじゃないじゃない？ だから私ね、思いっきり髪の毛を切ったの。切ったっていうか、刈《か》ったってレベルで（笑）。ほとんど丸坊主みたいにしちゃったの」
沖乃原・香北「ええ！ 想像つかないです！」
桜木「でしょう？ 大人たちにすごく怒られて、男役のくせにどんな役でもかつらをかぶらなくちゃいけなくて（笑）」
沖乃原「初めて聞いたので、びっくりです……」
桜木「でもね、そうしたら、髪が伸びてきたときにね、髪質がちょっと変わったの。これまでは細くて柔らかい、女の人の髪そのものだったんだけど、太くてしっかりした、それこそ男の人みたいな髪の毛になって」
沖乃原・香北「へえ〜、そんなことがあるんですね」
桜木「そのとき、ああ、私、男役がちゃんとできるかも、って思ったの。演技をほめられたわけでもないのに何言ってんだって話なんだけど（笑）。そのときは不思議と、安心ていうか、この路線でいくんだ、って、決意ができたんだよね。髪質が変わったような気がしただけなのに」
香北「すごい話です」
桜木「そうやって、思い切って何かをしてみると、その結果がどうあれ、自分の中で変わることってあると思う。いろんな役に挑戦とか苦手な歌に挑戦とかそういうこともあるんだけど、ずっと嫌いだったものを食べてみるとか、避けていた人ときちんと話してみるとか、そういうことで自分の中の予期してなかった部分が変わることだってあると思うんだよね」
沖乃原・香北「なるほど……」
桜木「だから、みんなにはいまのうちに……ってほんとこういうこと言うと急に老けたような気がするよね。やだやだ、私も若い世代に入れてください（笑）。いっしょにがんばりましょうね」
沖乃原・香北「は、はい！　ぜひ！」
（写真：畑中慶介　取材・文：大森多重子）】

「さむさむさむさむ」

勢いよく開いた部屋のドアが、それよりも強い勢いで閉められた。

「廊下寒い廊下寒い」家の中では靴下もスリッパも履かない修輔は、暖房の効いていない場所は爪先立ちで移動する。

「姉ちゃん、最近雑誌ばっか読んでんな」

「……部屋にいきなり入ってくるのやめてっていっつも言ってるじゃん」

勉強机に肘をついたまま、むつ美は答える。教科書やノートを脇にまとめたおかげでできたスペースに、飯島から借りた雑誌はぴったりと収まった。

「マンガは？　新しいのないの？」

修輔はここ最近、また体が大きくなったように見える。お正月の三が日では、親戚のおじさんたちよりもおせちやおもちをたくさん食べていた。

「リビングに、学生服置いてあったけど」

開いたページから目を離さずに、むつ美は言った。修輔がドアを開けたことで入り込んできた冷気が、いまさらむつ美の右側の頬に届いた。

「買うの早くない？　入学式までまだけっこうあるじゃん」

「あれ、知り合いからもらったんだって」

もし自分だったら、せっかくの制服がお下がり、しかも他人のものだなんて絶対にいやだけれど、男子にとってはどうやら、パリっとした新品よりも着古されてくたくたになっているほうがいいらしい。

暖房がたっぷりと効いた部屋は、長いあいだ空気が入れ替わっておらず、なんとなく中身が丸ごと濁っているような気がする。その中で好きなマンガや雑誌を読むことは、ほんのすこしの背徳感とあいまって、より気持ちがいい。

「これ誰？　全然知らねえんだけど」

開いているページに伸びてくる修輔の手を、むつ美は「さわらないでよ」と振り払う。きっとリビングで何かをつまみ食いしてから来たであろう弟の手を、つかさ様の写真に触れさせたくなかった。

飯島から何冊か借りた雑誌の中からつかさ様を見つけるのは大変だ。パッと見てつかさ様だとわかるように載っていることは、まずない。毎号卒業生を迎えて行われるインタビューのページでインタビュアーをしていた号が、最も大きな扱われ方だった。むつ美はそのページを何度も何度も繰り返し読んだ。

自分と、ほんの、ほんのすこしだけ似ていると感じられる人が、こんなふうに活躍している。その事実を確認するたび、自分の体のそこらじゅうにある空洞のようなものが、やわらかくあたたかい何かで埋められていく。

「姉ちゃん」

あと二ヵ月で、弟が中学に上がってくる。年子のきょうだいが珍しいということは、志津香に言われて初めて知ったことだ。

「また、これ、描いてほしいんだけど」

黄色い表紙の方眼ノートが、むつ美の勉強机の上に置かれる。

「キリトでいいの？」

むつ美はもう、お手本などがなくてもキリトを描けるようになっていた。「いつまで？」投げやりにそう聞くむつ美に、修輔は小声で、あさって、と答えた。

「最近、友達、あんまりうち来ないね」

むつ美は、友達、修輔の顔を見ずに言った。

「……冬だし、寒いし」

うつむいたままそう答えた修輔がそのまま部屋から去ろうとするので、むつ美は思わず顔を上げた。

「ねえ」

修輔がこちらを見る。

「友達、この絵、あんたが描いてないって気づいてるんじゃないの？」

ふしゅうう、という空気の抜けるような音がして、暖房が止まった。

6

「どういうのにすればいいんだろうなぁ」

むつ美の握る鉛筆の先を見て、坂町先輩がむむむと唸る。

「男子が来てくれるような感じにしてほしいな、俺は」

モリー先輩が、むつ美の隣にある椅子にどかんと腰を下ろした。体の正面に持ってきた背もたれに、両腕をかけている。

「新入生歓迎会だし、カタい感じじゃなくてさ、ぱーっと楽しい感じ？　つうの？」

「アドバイス適当すぎてアキちゃん困ってんじゃん」

巴先輩がモリー先輩の頭をぽこんと叩く。むらみか先輩はあまり他の人の体に触ることはないけれど、巴先輩はよくこうしてモリー先輩の大きな体を叩いたりする。

春休みの校舎は、他のどの季節よりも息をひそめているように見える。一年生も二年生も全員が学年の変わり目にいるので、いまこのときだけ、あんなにもたくさんいた生徒たちがこの建物にあるどの教室にも所属していない。その途端、いま自分がいる場所は学校ではなく立ち入り禁止の建造物のように思えてくる。

「だっていいかげん男子来てくれないと困んじゃん、なあ」モリー先輩は太い腕を坂町先輩の首に巻き付け、そのまま体ごと自分の方へと引き寄せた。「このままじゃ男がふたりしか出てこない話ばっかりになるぜ」そう言うモリー先輩はいまだ衣装を着たままだからか、なんとなくいつもより饒舌だ。

秋の演劇発表大会が終わったあとは、演劇部の活動はそこまで忙しくない。念願の金賞をとることができたということもあって、もう一度気を引き締めるまでにかなり時間がかかった。

「んーでもモリーの言うとおりかも。わっと楽しい感じって大切だよな」

坂町先輩がそう言うと、モリー先輩が「だろ?」と自慢げに鼻の穴を膨らませた。ほら、楽しい感じだって、と、志津香が促してくるけれど、結局、どういうものを描けばいいのかわからない。方向性が定まらないまま鉛筆を動かすと、結局、いつも描いているものと同じような構図ができあがってしまう。

新入生歓迎公演では、秋の演劇発表大会で上演した演目を、キャストを入れ替えて再演することになった。「出来を競うわけではなく、この人たちと一緒に活動したいと思ってもらうための場だから、一番のびのびとできる演目がいいんじゃないかな」という坂町先輩の提案にみんなが賛成したからだ。キャストを入れ替えるとはいえ、もう十分練習したこの演目なら、他の演目よりも余裕をもって楽しく演じられる。その姿を新入生に見てもらって、モリー先輩が言うには特に男子に、演劇部に興味を持ってもらう。そのために、年明けから春休みにかけて、むつ美たちは新入生歓迎公演用の舞台をつくり続けてきた。

「おー、すげえ、パッと描けるんだ」むつ美が軽く顔の輪郭を描き始めると、モリー先輩がさらに身を乗り出してくる。「こういうことできる子いてほんとラッキーだわー」

「モリー、お前着替えてきたら？」

いつまでその格好してんの？　と、坂町先輩がモリー先輩の腕の中から抜け出す。秋の発表大会でおじいさんを演じたモリー先輩は、今回は坂町先輩と交代して、サラリーマンを演じている。たっぷりとした体にスーツがやけに似合いすぎており、衣装を身に付けての通し練習となるとみんなどうしても一度は噴き出してしまう。

「巴、帰ろー」

女子トイレで着替えを終えたらしいむらみか先輩が、ドアをがらりと開けた。「モリーまだそのカッコしてんの」早速ニヤニヤしている。

「ミカも一緒にポスターどうするか考えようよ」

「ポスター？」

手招きする巴先輩を特に気にすることもなく、むらみか先輩は両足の靴下を順番に伸ばした。前回は主役のOLを演じていたけれど、今回は小さな女の子の役だ。役が決まったときは、むらみか先輩が小さな女の子に見えるのかとむつ美は勝手に不安に思った。だけど、いざ練習が始まってみれば、むらみか先輩は声も仕草も小さな女の子そのものだった。

「公演のポスターだってば。次の代でいっぱい人入らないとうちらけっこうまずいじゃん」

巴先輩がそう言っても、むらみか先輩は「うーん」と気の無い返事しかしない。そのとき、隣にいる志津香が、あ、と声を漏らした。

「先輩、これ、もう大丈夫です。ありがとうございました」

むらみか先輩は志津香の手にあるものを見ると、ああ、と思い出したように目を少し開いた。

「いいよいいよ、本番終わるまで持ってなよ」

むらみか先輩は右手をひらひらさせながら、「茶髪のほう、本番で使いたくなるかもしんないじゃんね」、と少しだけ笑うと、巴先輩を誘ってあっという間に部室から出て行ってしまった。「あいつら帰るの早えよなあ」似合いすぎているサラリーマンルックをなんだかんだ気に入っているらしいモリー先輩が、少しさみしそうにつぶやく。

志津香は、むらみか先輩に差し出した茶髪のかつらを少し見つめたあと、自分のカバンの中にしまった。むつ美はその姿を、見ないようにした。

秋の発表大会で外国人留学生を演じた志津香は、今回、女子高生の役をやることになった。金髪のかつらが必要なくなった代わりなのか、ある日、むらみか先輩は突然二種類のかつらを持ってきた。「お姉ちゃんから借りてきた。ウィッグ？っていうんだって。本物の女子高生のおしゃれって感じだし、着けてみれば？　黒髪と茶髪借りてきたから、好きなほう」

ふたつのかつらを差し出された志津香は、受け取る前に、自分の前髪をてのひらで直した。いつもはうるさいモリー先輩が、そのようすを見ないようにしている姿を、むつ美はしっかりと見てしまった。

「ごめん、アキ」前かがみになってポスターに向かっていると、とんとん、と、飯島に肩のあたりをつつかれた。「私、今日お母さんが車で迎えに来ててさ」

「うん？」鉛筆を手から放し、むつ美は顔を上げる。

「約束してた雑誌、返してもらっていい？」

あっ、と、むつ美は跳ねるようにしてカバンに手を伸ばす。「ごめんね、うち家族みんなあの劇団好きだからさ、雑誌そろってないと怒られるんだよね」飯島は申し訳なさそうに眉を下げている。

「こっちこそ長い間ごめんね、ありがと」

むつ美は、ずっとずっと借りていた雑誌を飯島に向かって差し出した。返したくなくなりそうなので、表紙をあまり見ないようにする。

「アキ、舞台好きだったっけ？」巴と飯島が好きなイメージ、と、坂町先輩が雑誌に手を伸ばした。そのまま、ぺらぺらページをめくり始める。「みんなすげえ名前」

「アキはこの子が好きなんだよね」

飯島が、あのインタビューページに指をはさんだ。

何度も何度も読み返した一行が、目に留まる。

やめてほしい、と、むつ美はとっさに思った。

「え、この子？」坂町先輩は沖乃原円を指さしている。ちがうんです、と言う間もなく、モリー先輩が大きな顔を突っ込んできた。

「かわいいじゃん、こっちの子」「な」坂町先輩が同意する。「この桜木麗って化粧濃すぎじゃね？」「顔真っ白」何の他意も含んでいない彼らの声が、ぽんぽんと耳の周りで跳ねる。

「このショートカットの子は、男役？」

坂町先輩はそう言いながら、飯島を見上げた。「そうです」飯島がそう答えると、坂町先輩はフウンと頷いた。

「髪の毛、すげえきれい」

むつ美はもう一度、鉛筆を握り締めた。そのページを開いてほしくない。

心が裏返りそうになる。この場所で、ごめんなさい、帰りまーす」

「もう多分車来てるんで、ごめんなさい、帰りまーす」

飯島はひょいと雑誌を抜き取ると、「おつかれさまでしたぁ」小走りで部室から出て行った。たった四人だと、春休みの学校はこんなにも広い。

もう四時をまわろうとしている。少し、お腹が空いてきた。

「私、もうちょっと残って描くので、先に帰ってください」

むつ美がそう言うと、モリー先輩は「そう?」と少しほっとしたような表情になった。

「でも」何か言おうとした坂町先輩の言葉を遮るように、むつ美は言った。

「いいんです、私、演技とかできないし、こういうことでしか役に立てないんで」

じゃあお言葉に甘えて、と立ち上がる坂町先輩を、むつ美はちらりと見る。

――髪の毛、すげえきれい。

おつかれー、と、男子ふたりが去っていったあとも、志津香はその場から動かなかった。

「帰んないの?」

「うーん」

なんとなく返事をした志津香は、さっきからずっと窓の外を見ている。かつらに押し付けられ、よりボリュームをなくした髪の毛がその額を隠しきれていない。

むつ美も何も言わずに、鉛筆を動かし続けた。

右利きなので、左向きの顔ばかりを描いてしまう。指と靴は相変わらずじょうずに描けないから、どうしてもバストアップを描いてしまう。そして結局、いつもと同じ構図になる。

男子が興味を持ってくれるようなポスター。頭の中でテーマを何度も確認しながら、手を動かしていく。男子の興味、男子の興味、方眼ノートの表紙に何度も描いた『戦魔ハンター・キリト』。

「ねー」

ややあって志津香が声を出したとき、むつ美は、いま何時何分なのか全くわからなかった。

「私、思うんだけどさ」

むつ美は顔を上げる。志津香はまだ窓の外を見ていた。

「むらみか先輩って、いい人だよね」

抑揚のない声で、志津香はそう言った。

むつ美はそのとき、ころんと、心が裏返る音が聞こえた気がした。

「私もそう思う」

志津香は表情を変えないまま、むつ美の返事に頷いた。

窓の外で、静かに季節が変わっていく。

むつ美は、はじめて志津香が金髪のかつらをかぶった日のことを思い出した。あれは秋がようやく夏の名残りを振り切ったころだった。演劇発表大会で上演する演目を、はじめて衣装つきで通した日。

うらやましかった。あのときむつ美は、志津香のことをうらやましいと思ったのだ。

【香北つかさ様

はじめまして。私は、四月から中学二年生になる女子です。

こういう手紙を書くのははじめてなので、どうしたらいいのかわからないのですが、書きます。最後まで読んでもらえたら、とってもうれしいです。

私は、正直、劇団のこととか、あんまりくわしくないです。外国の話とかも、あんまりわからないです。

でも、友達の家でビデオを見て、つかささんのことが好きになりました。目立つところにはいなかったかもしれないけど、すごく、気になりました。

友達から、劇団から出ている雑誌を借りて、何度も何度も読んでいます。つかささんが出てくることは少ないけれど、出てきたら、絶対に見つけています。先輩にインタビューするページも、何度も読みました。その中で、気になるところもあったりしたので、特にそこは繰り返し読んでいます。

ここから先に書くことは、誰にも話したことがないので、秘密にしてください。なんでつかささんを好きになったのかというと、ほんのすこしだけ、私に似ていると思ったからです。でもそれは、本当にほんのすこしなんです。私はつかささんよりも全然かわいくないです。目も小さいし、鼻も低いし、顔も丸いし、太っているし、なにより、髪の毛が気持ち悪いんです。小学校のときは、男子から大仏って呼ばれていました。中学生になったいまでも、友達は少ないです。

ごめんなさい、似てるとか書いておいて、こんなこと言ってしまうのはよくないことだとはわかっています。ごめんなさい。

私は演劇部に入っていますが、人前に出たくないので、美術を担当しています。背景を描いたり、小道具を用意したりしています。舞台には立たずに、裏方の仕事をすることで、部のみんなを支えています。部のみんなを支えるために、美術の仕事をずっとしている、と、私は自分に言い聞かせています。

でも、なぜか、つかささんを見ていると、その心の裏にある、ほんとうの気持ちが飛び出てきそうになります。

なにを言いたいのかわからないかもしれません、ごめんなさい。

とにかく、私は、つかささんを応援しています。これからも応援していきます。新人公演、すごくかっこよかったです。これからもがんばってください。明元むつ美】

7

パイプ椅子に座っている新入生たちのつむじが、みんな、こちらを向いている。

「演劇部はこんなふうに、みんなで舞台をつくる活動をしています」

新入生の前で話す坂町先輩は、いつにも増して背筋がピンとしている。隣に立っているスーツ姿のモリー先輩がなんだかニヤニヤしているのは、きっと照れ隠しだろう。

「メンバーはこの六人と、みんなの後ろにいる美術担当を合わせて」半分くらいの生徒が、椅子に座ったまま後ろを振り返った。突然のことに、むつ美は少し顔を俯かせる。「七人です。活動は週二回を基本にしていて、公演前などは毎日練習することもあります」

おそるおそる視線を戻すと、新入生はみんなもう前のほうへ向きなおっていた。むつ美は、止めていた息をそっと吐き出す。

「興味があったら、あしたから新入生向けの発声練習などを行うので、ぜひ部室に来てみてください」

坂町先輩の挨拶が終わると、新入生がばらばらと立ち上がり始めた。中学校に入学したばかりの新入生は、たった一歳しか違わないのに、やはりきちんと一年分、幼く見えた。

修輔は昨日、まず弓道部を見に行くと言っていた。野球部やサッカー部など、そういうところには行かないみたいだ。もちろん、演劇部の新入生歓迎会なんて見に来ていない。

ちらりと多目的室の出口のほうを見ると、巴先輩がこちらのほうを指さして、新入生に何かを説明している姿が見えた。

「このポスター？　これはね、あの子が描いたんだよ」

巴先輩に質問をしているらしき新入生は、髪の短い活発そうな男子だった。むつ美が描いた少年マンガ風ポスターの前に立って、こちらを見ている。

「美術班に興味あるんだったら、あそこにいる明元先輩があしたからいろいろ教えてくれるよ」

あの子のことを見たことがある。むつ美はそう思った。だけど、いつどこで見たのかは、はっきりと思い出せない。

その男子は巴先輩に向かってぺこりと頭を下げると、一緒に見に来ていたらしい友達の輪の中に戻っていった。顔を寄せ合って、何かコソコソと話している。

その集団が一度、むつ美のほうを見た。一瞬ではあったけれど、全員が、むつ美を見た。

そして、少し笑った。

「アキ」

その集団はすぐに、多目的室からいなくなってしまった。

「背景、見やすく描き直してくれたんだな、ありがとう」

いつのまにかすぐそばに立っていた坂町先輩が、衣装であるセーターの袖をまくっていた。むつ美がうまく描くことのできない指が、やわらかそうな生地をぐいと押し上げている。

「いつもよりちょっと男子も多かったっぽいし。ポスターのおかげかもな」

さっすが、と坂町先輩が言ったとき、多目的室の片付けを始めた巴先輩が、ちょうどそのポスターを壁から剝がした。

こう言われたときには、こう返さないといけない。むつ美は息を吸う。

「私、舞台出られませんし、これくらいしないと」

むつ美の返事に、坂町先輩は困ったように笑った。

綿毛を飛ばすように、ふうと息を吹きかけるだけで、簡単に心は裏返りそうになる。

「……ていうかさあ」

新入生がいなくなった多目的室をみんなで思い思いに片付けていると、むらみか先輩が突然、言った。

「本番でいきなり茶髪のほう着けてるからびっくりしたんだけど」

「いやぁこっちでもいいかなあとか思っちゃって」

志津香が照れたようすで茶髪のかつらを取り外している。

「まあ確かに茶髪のほうが女子高生っぽいかもね、似合ってるし」

「似合ってますう？」志津香が、かつらを着けたり外したりしておどけている。

「あんまテキトーに扱わないでよ。それ姉ちゃんのなんだからさ」

かつらに向かって手を伸ばすむらみか先輩は、まるで友達に話しかけるみたいに笑っていた。

何度も読んだあのインタビューの文章が、むつ美の目の前にだらだらと流れ始める。

まただ。心が裏返りそうになる。息が苦しい。

「どした？」

「だ」むつ美は、パッと口を開いた。「いじょうぶです」口を開くと、その分、呼吸をすることができた。

「うん」

坂町先輩はなんとなく返事をすると、パーテーションを運ぼうとしているモリー先輩のほうへと歩いていった。飯島も、巴先輩も、みんな、ついさっきまで小さな舞台だった多目的室を片付けている。

むつ美は、坂町先輩のきれいな指を見た。セーターの袖から伸びる腕の筋を見た。私はあの人に言ってほしい言葉がある。だけどそれは、あの人が絶対に言わない言葉だ。

ころころころと、心がやじろべえのように揺れている。もう、いつ裏返って、元に戻れなくなっても、おかしくない。

志津香には、むらみか先輩がいた。自分には一体、誰がいるのだろう。

「修輔は？」

コップに麦茶を注ぎながら、むつ美は言った。

「帰ってきてないの？」

「うーん」煮え切らない返事をした母が、豚のしょうが焼きがたっぷりと盛られた皿を運んでくる。修輔は、たまねぎの入った豚のしょうが焼きに、マヨネーズをたくさんかけて食べる。

「出てこないのよね、部屋から」

母の言い方からすると、修輔は家に帰ってきてはいるらしい。けれど、リビングにはカバンも学生服も見当たらない。「帰ってきてからすぐに二階上がっちゃって」それっきりなのよ、と、困ったように眉を下げると、母はタオルでごしごし手を拭いた。

「修輔ー、ごはーん」

リビングで大きな声を出せば、二階の部屋にまで必ず届く。いつもはこうして呼ばれればすぐに一階まで下りてくるのだが、今日は物音ひとつ聞こえてこない。あっというまに、テーブルの上には今日の夕食がすべてそろってしまった。

「私、見てくる」

むつ美は椅子から立ち上がると、裸足のまま階段を上った。一段飛ばしで上れば、あっというまに二階に着く。

「修輔、寝てんの？」

修輔の部屋は、階段を上がって真向かいにある。チョコレート色のドアに向かって声をかけてみても、何の反応もない。

「ご飯冷めるよ」

ドアノブを捻ってみる。びくともしない。中から鍵をかけるなんて、修輔はこれまでしたことがないはずだ。

「修輔？」

「姉ちゃんのせいだからな」

ガチャガチャと金属が擦れる音のあいだに、よく知る人の、よく知らない声がした。

「え？　何？」

むつ美は思わず、ドアノブから手を離した。てのひらの体温で白くもっていた部分が、す、と銀色に戻る。

「何であんなポスター描いたんだよ」

よく知らない声は、一文字ごとに、もっとよく知らない声になった。

「あれでバレた、おれがウソついてたこと」

ポスター、という単語から思い浮かぶものは、演劇部の公演ポスターしかない。

「何言ってんの、修輔」

男子が来てくれるような感じにしてほしいな、俺は。

あのとき、モリー先輩からそう言われて、部室でポスターの下書きをした。みんなが周りで話をしていたから、あまり集中して描くことができなかった。だから結局、自然に手が動くままに、描き慣れているタッチで描いた。

「あのポスター、描いたの姉ちゃんだろ」

右利きの人が描き慣れてしまう、左向きの横顔。指や靴を描かなくてもいい構図。それでいて、男子が来てくれるような絵。

方眼ノートの黄色い表紙。修輔のために何度も何度も描いた『戦魔ハンター・キリト』。

「あのポスター見て、あいつら、これ、お前のノートと同じだって言い始めて」

いつもより男子がたくさん来た、と、坂町先輩が喜んでくれたポスター。

「確かめてくるって、おれ置いて、今日、演劇部観に行ってた」

美術班に興味あるんだったら、あそこにいる明元先輩があしたからいろいろ教えてくれるよ。

公演が終わったあと、巴先輩はある男子生徒に向かってそう言っていた。その男子生徒は、それだけ聞くと、多目的室の出口のあたりに集まっていた友達らしきグループに合流した。

「あいつら、おれのこと、ウソつきだって」

あのグループは、多目的室から出て行く直前、こちらを見て、少し笑った。

「ウソつきはもう友達じゃないって」

ぐう、と、お腹が鳴る。

修輔は太っている。細い目も、低い鼻も、むつ美によく似ている。クラスの男子たちの興味をひくためには、何か特別な力のようなものが必要だと、修輔がそう考えるのは自然なことだ。だから修輔は嘘をついた。むつ美は、それは仕方のないことだと思った。

嘘をつくことは、仕方のないことなのだ。むつ美は、坂町先輩の顔を思い浮かべる。

「しゅう」

「それに」

修輔は話し続ける。

「大仏みたいな姉ちゃんだなって笑われた」

ぐう、と、むつ美の腹がまた鳴った。

「大仏みたいな髪の毛で、ブスで、あれがお前の姉ちゃんかよってみんな笑ってた」

むつ美は、てのひらに噴き出す汗をタオル地のズボンで拭く。

あのインタビューページの文章が、もう一度、目の前にだらだらと流れ始める。

「姉ちゃんのせいだ、全部」

むつ美は、自覚していた。

「全部、私のせい？」

自分の心が躍りはじめていることを、むつ美はこのとき、はっきりと自覚していた。

「小学校のころから、ずっとそうだった」

太い血管をぱちんと切ったように、どばどばと修輔の声があふれ出てくる。

「姉ちゃん見つけると、あいつら、大仏大仏って、お前の髪もああなるんじゃねえのってバカにしてくる」

「修輔」

今すぐにでも裏返りそうになる心を、むつ美は、胸を強く押さえつけることで鎮めた。

「修輔が笑われるのは、私の髪が変なせい？」

ずっとずっと、このときを待っていたんだと、むつ美は思った。

志津香にはむらみか先輩がいたように、自分には修輔がいたのだと、むつ美はこのとき、大きな声で叫びたかった。

「普通の髪の毛になったら、出てきてくれる？」

部屋の中から、小さな声で、「姉ちゃんのせいだ、「全部」という声が聞こえてきた。

自分の部屋の、デスクの上から二つ目の引き出しの中に、ハサミがある。むつ美はどこか冷静に、そう思った。

「待ってて」

むつ美は走った。自分の部屋のドアを開け、持ち手の部分が黄色いシリコンでできているハサミをつかんだ。修輔の部屋の、ドアの前に戻る。チョコレート色のドアの向こうには、救わなければならないたったひとりの愛する弟がいる。

と、強く思い込んだ。

ハサミに指を通す。持ち手のシリコンが、肌の温度よりも少しだけ冷たい。

「こうすれば、修輔、出てきてくれるんだよね」

むつ美は指に力を入れる。刃と刃が擦れる音が、耳元で響く。

その歯切れのいい音は、雑誌のページを開く音に、少し似ているような気がした。

桜木「身長も体重もパッと変えられるものじゃないじゃない？　だから私ね、思いっきり髪の毛を切ったの。切ったっていうか、刈ったってレベルで（笑）。ほとんど丸坊主みたいにしちゃったの」

髪の毛をつかむ。根元がじゅうぶんに肌から離れるまで引っ張る。冷たい刃がおでこに触れる。指に力を込める。

桜木「でもね、そうしたら、髪が伸びてきたときにね、髪質がちょっと変わったの。これまでは細くて柔らかい、女の人の髪そのものだったんだけど、太くてしっかりした、それこそ男の人みたいな髪の毛になって」

じゃきん、と、音がしたとき、むつ美は、からっぽのお腹の中に、どぼどぼとマグマのようなものが溜まっていくような感覚を覚えた。

これはきっと、勇気が沸騰《ふっとう》したものだ。むつ美はそう思った。

じゃきん、じゃきん。音は鳴る。心がぐるんと裏返る。

「修輔、お願い、出てきて」

チョコレート色のドアは開かない。世界でひとりの、かけがえのない弟は出てこない。

い。勇敢な姉は、そんな弟を救うために髪の毛を切っている。女の子にとって大切な髪の毛を、涙をこらえながら、自ら切り落としている。

そう思い込む。そう思い込む。他の理由が滑り込まないように、むつ美は強く強く思い込む。

外国人留学生を演じることになったから、金髪のかつらをかぶる。女子高生を演じることになったから、茶髪のかつらをかぶる。舞台をよりよいものにするために、先輩の提案を受け入れる。やむをえない理由でかつらをかぶることができた志津香が、むつ美はうらやましくてしかたがなかった。志津香はきっと、ずっと、かつらをかぶってみたかったはずだ。自分のために、自分をよりよくするために、ずっとかつらをかぶってみたいと思っていたはずだった。

むらみか先輩はいい人だ。志津香のエゴにまみれた欲望に正当な理由をくっつけて、違う形に変換してくれた。

床に落ちていく髪の毛は、ひとたび自分の頭から離れてしまえば、ただの気味の悪い物体に見えた。靴下を履いていない足の甲に、髪の毛の一本一本が埃のようにまとわりつく。

「修輔、出てきてよ、お願いだから」

大好きな弟のためなんだと、弟をここから出すためなんだと、どれだけ自分に言い聞かせたとしても、そうではない本当の理由が、体中の細胞の隙間を埋め尽くしていく。


学級委員のあの子の仕事を減らすために描いた、修学旅行のしおりの表紙。

弟とその友達を喜ばせるために描いた、方眼ノートの表紙の絵。

引退してしまう三年生の先輩たちのために描いた、色紙の飾りつけ。

演技班との掛け持ちができない代わりに務めた、美術班の仕事。

雑誌で一目ぼれをしてしまったつかさ様のことを知りたくて読んだ、数冊の雑誌。

部長である坂町先輩のために描いた、人がいっぱい来てくれるような公演ポスター。


じゃきん。

音もなく墜落していく髪の毛先が、足の指の皮膚を刺激する。ほんの少しのその刺激で、ずっとずっと隠していたもうひとつの心が露《あら》わになる。


修学旅行のしおりの表紙を描いたのは、あの学級委員よりも自分のほうが絵がうまいということをクラス中に知らしめたかったからだ。

方眼ノートの表紙に絵を描いてあげていたのは、あとから弟から聞く「友達がうまいって褒めてた」という言葉に酔いしれたかったからだ。

色紙の飾りつけをしたのは、三年生の先輩に対してあまり書くべきことがない自分をごまかしたかったからだ。

美術班の仕事に専念していたのは、決して誰からも笑われないポジションを守りつつ、それでいて必要不可欠な人間だと思われたかったからだ。

つかさ様の雑誌を何度も読んでいたのは、ほんの少しでも自分に似ていると思える人に自分の欲を叶えてもらうことで、自分自身を落ち着かせたかったからだ。

人がいっぱい来てくれるような公演ポスターを描いたのは、演劇部の存続のためなんかではなく、ただ、坂町先輩に褒めてもらいたかったからだ。

「むつ美ー？」

自分を呼ぶ母の声が聞こえる。

「出てきて、ねえ」

弟を呼ぶ自分の声が聞こえる。それらすべての声を押し退けて、体の奥の奥まで響く言葉がある。


髪の毛、すげえきれい。

もし、これから先、この髪がまっすぐに伸びたとしたら、坂町先輩はまた、そう言ってくれるだろうか。雑誌に載っている香北つかさにではなく、自分に向かって、そう言ってくれるだろうか。

むつ美は自分の頭を触る。三分の一ほどが、短く刈られた芝生のようになっている。

ずっとずっと、こうしたかった。自分をよくしたくてたまらなかった。髪質が変わるなら、坊主頭にだってしてもいいと思った。絵を描いて褒められたかった。背景を描き直すことで、熱心ないい子だと思われたかった。誰のためでもない、すべては自分のためだった。クラスの人たちに笑われないようになりたかった。誰の視線も怖がらなくてもいいようになりたかった。きれいになりたかった。愛季みたいになりたかった。あき、という音で呼ばれるだけで、髪の毛がまっすぐになるだけで彼女に近づけるわけではないとはわかっていたけれど、それでもいいから、どの方向からでもいいから、あの姿にほんの少しでも近づきたかった。

誰かのため、という前提で行っていた物事にはすべて、その手前にもうひとつの前提があった。自分のため、自分のため、自分のため。ついに裏返った心が、思い切り呼吸をして、どんどん大きくなっていく。

ぐう、と、お腹が鳴った。早くしないと、しょうが焼きが冷めてしまう。

自分のためでいいのだと、むつ美は思った。こんな自分をごまかすことができるだけの理由や言い訳を探すことに時間がかかってしまったけれど、そうでなくていいのだと思った。私は、私のために、よりよくなりたい。そう思うことでこんなにも呼吸がしやすくなるのならば、きっとそれは醜い欲望ではないのだ。

「むつ美ー？」

たん、たん、たん、と、母が一段ずつ階段を上ってくる音がする。母はこの姿を見てなんと言うだろう。むつ美はじゃきじゃきとハサミを動かし続ける。怒るかもしれない。泣くかもしれない。でも、いまの姿がたとえ不格好だとしても、決して恥ずかしくはないはずだと、むつ美はそう思った。

第3章 ダイヤのエース

◆

1

東京大都会座にて上演中の舞台「ワルツの拍数は合わない」の主演を最後に、女優業から引退することが明らかになった沖乃原円（36）は、六日午後二時から、東京都内で記者会見を開いた。会見には、所属する芸能事務所の社長、蟹江修一郎《かにえしゆういちろう》（57）も出席。アジア圏でも人気を誇る沖乃原の会見とあって、国内外のメディア関係者約六十人が詰めかけた。会見の詳報（全文書き起こし）は以下の通り。

〈午後二時に会見は始まった。沖乃原と蟹江社長が、報道陣からカメラの激しいフラッシュを浴びつつ登壇。白いシャツに薄いグリーンのジャケットを着た沖乃原は、淡々とした表情で口を開いた。〉

沖乃原「こんなにもたくさんの方々に集まっていただいたこと、本当にありがたく思っております。このたび、ファクスで各所にご連絡させていただいたとおり、いま出演させていただいている舞台を、女優としての最後の仕事にさせていただくことに決めました。突然の発表になってしまい、多くの方にご迷惑をおかけしてしまったこと、大変申し訳なく思っております」

〈立ち上がり、頭を下げる沖乃原。カメラのフラッシュが沖乃原を照らす。蟹江社長が促してやっと、沖乃原、着席する。〉

沖乃原「理由を申し上げますと、病気による療養、です。先日、定期的に受けている検査の結果として、くも膜嚢胞《まくのうほう》という病名を告げられました。病名だけ聞くと深刻に聞こえますが、普通に生活をすることには何の支障もありません。手術をしたり、入院をしたりするようなこともありません。不安にさせてしまったらごめんなさい、普通に暮らしていくうえで、命に関わるような病気ではありません。

　ただ、体、特に頭部に負担がかかるようなことは控えなくてはならなくなりました。（少しの沈黙）私は、何よりも、舞台の仕事を愛してきました。

劇団にいたころから、特に、ミュージカルとショーが大好きでした。今後、自分の一番大好きな仕事をするにあたって、百パーセントの力を出すことができなくなると知ったとき、私はもう、この仕事を続けるべきではないと思いました。無意識のうちに私はきっと、自分の体を守りながら踊ってしまうと思います。そんな余計なものを、ステージの上に持ち込んではいけないと、私は思っています」

〈会場にざわめきが広がる中、沖乃原は蟹江社長にマイクを交代。〉

蟹江「沖乃原円は舞台でこそ輝くということを、皆さんもよくご存じと思います。私もはじめは、テレビの仕事だけでもいいから続けてみたらどうだとすすめましたが、彼女の決心は周囲の誰よりも固かった。今ではみな、彼女の考えを尊重しようということで、考えがまとまっています」

〈蟹江社長のあいさつの後、質疑応答に移った。〉

舞台以外の仕事を続けていくことはできないのか?

「可能か不可能かでいえば可能なことだと思います。しかし、どうしても私の土台は舞台なんです。劇団を退団してから、これまでのあいだ、どうして自分がテレビに出られるのかわかりませんでした。いま振り返ってみれば、この次の仕事は舞台だから、数週間後には舞台に戻れるから、という気持ちで、舞台以外の仕事をしていたような気がします。深く掘っていくと、演技をすることというよりも、歌ったり踊ったりすることが好きなのかもしれませんね」

周囲の人の反応はどうか？

「とにかく驚いていたり、私の体を心配してくれたり、人それぞれですね。私が一番びっくりしているくらいですし。劇団にいたころの講師の方々は、残念だ、さみしいっていう連絡をたくさんくださいました。私、劇団にいたころは同級生の衣装を勝手にアレンジしてすごく怒られたり、夜、道に迷ってひとりで寮に帰れなくなっちゃったり……問題児、というか劣等生だったと思うんですけど、だからすごくよく覚えているって、昔の話にもなったりして」

ここで引退してしまうことに後悔はないか？

「不思議と、悔いは残っていません。十五歳で舞踊学校に入って、これまで二十年とちょっとですか……もう一生分、歌って踊ったんだと思います。舞踊学校に入る前は、友達もあまりいなくて、いじめられたりもしていたけど……仲間もたくさん増えました。なにより、父に舞台に立つ私を見てもらう、という大きな目標が叶いましたから。舞台の上に何も置き忘れないように、東京大都会座であと少し、精一杯がんばります」

〈その他の質疑応答は以下のURLをクリック　http://www.……〉

2

ひとつにまとめられた髪から、後れ毛がこぼれている。この子は落ちるかもしれない、と思いながら、つかさは頭の中に刷り込まれている振り付けを体でなぞり続けた。

バレエの講師から写してもらった振り付けは、基本のステップがいくつか盛り込まれたうえに、柔軟性とリズム感が問われるようなものに仕上げられていた。受験生の実力を見るにはちょうどいいだろう。

爪先立ちになると、ふくらはぎの筋肉がぎゅっと上に詰まる。つかさは、新体操をやっていたころから三半規管が強かった。こうして何度もターンをしても、気分が悪くなることはない。

「あっ」

隣から、円の小さな声が聞こえてきた。一瞬、バランスを崩してしまったらしい。けれど、受験生の前で本科生がミスをするわけにはいかない。受験生は誰も円のかすかな揺らぎには気づいていないようだが、きっと講師陣の目はごまかせていないだろう。

つかさは呼吸のリズムを整えながら、二度、続けてターンをする。太ももが離れないよう、体の軸に力を入れる。

講師は円を見ている。受験生はつかさを見ている。視線が割れていることに、つかさだけが気付いている。

鏡の中、横一列に並んでいる受験生はみんな、長い髪の毛をひとつに結い、背筋を伸ばして立っている。十五歳から十八歳まで、という応募資格を満たしている彼女たちの中には、自分たちよりも年上の人もいるのだろうとつかさは思った。つかさも円も、十五歳でこの学校に入学したので、本科生になったいまでもまだ、十六歳だ。

受験生たちは、姿勢は崩さずに、だけど前のめりの視線でこちらを見ている。つかさは、足の爪先、指の爪先、表情を形作る顔面の筋肉、そのすべてを通る神経に、電気が走る感覚がした。

つかさと円が踊り終わると、講師のうちのひとりが「それでは」と立ち上がった。

「これから四度の稽古にうつります。そのあと、バレエの試験、本番となります」

はい、と、受験生たちの返事が揃う。ふと隣を見ると、頬をふっくらとふくらませた円が、受験生と同じように頷いていた。

毎年、バレエの試験だけは、本科生のうちふたりが受験生のお手本役として模範演技を披露することになっている。この年の入学試験においては、つかさと円がバレエの試験のお手本役に選ばれた。

「失礼いたします」

役目を終えたつかさと円は、声を揃えて礼をした。この舞踊学校の入学試験の倍率は、毎年二十倍を超える。いまお手本を見せた受験生たちがひとりも合格しないことだってありうると思うと、稽古場の空気がまたぐっと冷えたような気がした。

稽古場から出ると、円は、

「なんか思い出しちゃった、受験したときのこと」

と口元を緩ませ、爪先立ちのまま助走をした。そしてそのまま、誰もいない廊下で、とん、と跳んだ。

「あの子たちと一緒に頷いてたもんね、さっき」

「あ、バレた？」

つかさのほうを振り返ると、円は、ニッと白い歯を出した。

入学試験が行われる三月はまだ、寒い。娘役を希望している円はいつも、頭のてっぺんよりも少し後ろの辺りで髪の毛をひとつにまとめている。後れ毛は一本もない。踊り足りないというように、円は右足を高く挙げた。きゅっと細く締まっている足首から、まるい骨が浮き出ている。

「あの子たちの誰かが後輩になるのかなあ」

円の声が、誰もいない廊下に響く。普通に話しているだけなのに、まるで歌っているみたいだ。

つかさはちらりと後ろを振り返る。閉じられた稽古場の扉から、バレエの課題曲のメロディが染み出ている。

さっき、受験生はつかさを見ていた。

講師たちは、円を見ていた。

「お疲れ様です」

がちゃ、とドアが開く音がして、マネージャーが楽屋に入ってきた。

「お疲れ様」

うとうとしていたことを悟られないよう、必要以上に大きな声で返事をしてしまった。「ありがとう」つかさは、マネージャーが差し出してくるペットボトルを受け取る。キャップに空けられている穴には、いつも通り、まるいストローが差し込まれている。

からっぽの胃の中に、ぬるい水が落ちていく。満たされていくというよりも、空白の部分が際立つ感覚のほうが強い。

「二回公演だと、やっぱり疲れますよね」

寝ていたこともお見通しなのだろうか、マネージャーはつかさとは目を合わさずにそう言った。彼女は、つかさがいるところでは椅子に座らない。

海闊劇場の舞台裏はとても広い。この劇場の舞台に出演するのはもう何度目になるかわからないくらいだが、朝から一日中ここにいると、いくら慣れているとはいえやはり神経の根が疲れてくる。

「ちょっと、動くわ」

ドレスの裾を掴み、つかさは立ち上がった。底の方まで沈んでしまっていた体と頭の中身が、徐々に元の場所へと戻っていく。ドアの向こうから小さく聞こえてくる歌声により、つかさは舞台の終わりが近づいていることを悟る。

最後の出演場面を終えてから、カーテンコールまでは時間がある。思いっきり胸を張ると、肩の後ろの骨が鳴った。

楽屋の鏡に映る自分の顔は、ついさっきまで、大勢の人の前で泣いたり笑ったりしていた人間とは思えないほど無表情に見える。真っ白く光るライトを携えた楽屋の鏡でさえそうなのだから、他人から見える自分の顔はどうなっているのだろう。

つかさは思い出す。

たくさんのフラッシュを浴びていた円の顔は、さまざまな種類の感情をすべて押し殺しているように見えた。あの会見を見ている人全員が、その蓋の向こう側にどんな物語が隠されているのか、まんまと想像させられてしまう、あの顔。

「このパート」

つかさはストローの先をティッシュで拭いた。

「高音、いつも出てないのよね」

舞台では、主演女優の最後の見せ場が繰り広げられている。記憶喪失になった主人公が、かつて愛した人が好きだった花を見つけ、あふれ出る感情を抑えきれなくなるシーンだ。暗転した舞台の上、ソロで歌う主演女優だけにスポットライトが当てられる。

夢組を卒業して、もう四年が経つ。つかさには、退団してすぐドラマに出始めた円とちがい、テレビの仕事の依頼はほとんど来ない。

楽屋から少し歩くと、モニターが設置されている舞台袖のスペースに出る。つかさがそこに現れると、何人かの若手が会釈をしてきた。カーテンコールを待つ出演者が数名、溜まっている場所だ。

転調したあと、サビがもう一度繰り返される部分。ただでさえ高いキーが続くサビが、さらに半音高くなる。

「この曲、難しいですからね」

つかさが何か言う前に、マネージャーがつぶやいた。

「この子、レッスン期間もちょっと少なかったですしね」

マネージャーの声に、近くにいた若手俳優がこちらをちらりと見たのがわかった。稽古期間、主演の女の子と仲良くしていた二十代前半の男の子だ。ふたりは同じ事務所らしく、それぞれ別のオーディションでグランプリではない賞を受賞しているらしい。

顔合わせのとき、主演の女の子は真っ先につかさに話しかけてきた。私、子どものころ、夢組の公演を観に行ったことがあります。娘役の方が本当にきれいで、私もいつかああいうふうに舞台に立ちたいって思っていました。だからこの仕事が決まって本当にうれしいんです。いろいろ教えてください、よろしくお願いします。

その子はもとより大きな目をパッと開いて、つかさを見上げるようにして挨拶をしてくれた。まだ誰も足を踏み入れたことのない新雪のような肌を見ながら、香北つかさが夢組の男役だったことなんていまのこの子にとってはどうでもいいんだろうな、と思った。

モニター用のカメラは、劇場の天井付近に設置されている。だから、ステージから数列目くらいまでの席は、画面に入り込んでしまう。

「今日も来てますね」

若手俳優が、モニターを見ながら言った。ファミリアは、前の方の席に集まって座っているからよくわかる。

ありがたいことにね、とつかさが返そうとすると、彼は水を一口飲んで言った。

「すごいですよね、この人たち。なんか熱くて」

つかさには、ほんの少しだけ、そう言う男の口元が緩んでいるように見えた。

「つかさ様がいらっしゃいました！」

劇場から出た途端、よく通る声が外の冷えた空気を割った。きゃあっ、と、最前列にいた女性が飛び跳ねるような悲鳴を上げる。隣にいる友人らしき女性が、「声でかいって」とその子の肩を叩いて笑っている。ファミリア、と呼ばれるファンクラブの会員たちにとって、列を乱したり、大きな声を出して騒ぐことは御法度だ。

「つかさ様、お疲れ様でした」

代表者が挨拶をすると、ひな人形のように並んでいる女性たちもそれに倣うようにして礼をした。たくさんの口からこぼれでた白い息が、空中に取り残されている。

「みんな、寒い中ありがとう」

つかさがそう言うと、四列に並んだ女性たちが顔を上げ、一斉に拍手をした。今度はつかさが礼をする番だ。

つかさは頭を下げる。そして、肺をひろげる。

礼をしているあいだは、頭の向こう側から感嘆まじりの拍手が聞こえる。このときいつも、つむじに穴を空けて、いま聞こえている音を頭の先からすべて吸い込んでしまいたいと思う。思い切り広げた肺を、ファミリアからの賞賛で埋め尽くす様子を思い浮かべる。

舞台を観に来ている客のほとんどが自分のファンではないことくらい、つかさはよくわかっている。だけど、だからこそ、この瞬間にいろんなものを取り戻すのだ。嘘かもしれないこんな光景があってやっと、自分はやわらかい布団で眠ってもいいのだと、たまにはおいしいものを食べてもいいのだと感じることができる。

つかさは、きれいに並んでいる四つの列のあいだをゆっくりと往復する。「今日もすっごくよかったです！」「また見に来ます！」「お手紙渡しておきました、お時間あるときに読んでください」ひとりひとりが、つかさのことを両目いっぱいに映してくれる。退団したあとも、規模はどうあれ、こんなふうにファンクラブが残ることは珍しい、と、いつか誰かに言われたことがある。

元、夢組の準トップスター。あのころは円とふたり、【夢の十五組】と呼ばれていた。十五歳で舞踊学校に入学し、そろって夢組に振り分けられた男役と娘役。

ありがとう、と声をかければ、きゃあと声をあげてくれるファンがいる。その声を聞くたびに、つかさは、当然だと思ってはいけない、と、思う。この歓声に慣れてはいけない。けれど、慣れてはいけない、と言い聞かせている時点できっと、それはもう慣れている以上の状態にある。

「みなさん、今日は本当にありがとう」

謙虚さを大切にしよう、と思ってしまった時点で、もう後戻りはできない。意識して大切にしている謙虚さなど、本当の謙虚さではない。

「つかさ様、今日もお疲れ様でした」

四列すべてに挨拶を終えると、ファミリアの代表者が、プレゼントや手紙をまとめた紙袋を差し出してきた。

「こちら、お持ち帰りくださいませ」

いつもこうして最後に挨拶をしてくる三人は、胸におそろいの紋章のようなものを着けている。その紋章は、夜の公演を終えた真っ暗闇の中でも誇らしげに光る。この三人組が、ファンをまとめていることはつかさだって知っている。マネージャーとやりとりをし、日々のスケジュールをファミリア内で共有しているのも彼女たちだ。

「ありがとう」

紙袋を受け取ると、マネージャーが車のある方向へとつかさを導いてくれる。ちらりと後ろを振り返ると、代表者の三人は、表情を少しも変えずにこちらを見ていた。くしゃくしゃにつぶれている紙袋の持ち手とその落ち着いた表情がどうしてもつながらず、忘れていた空気の冷たさがつかさの頬に突き刺さった。

ファミリアはみんな、動かずにこちらを見ている。冬の風に、髪の毛とコートの裾だけが揺れている。

頭の中で、つかさはパソコンの電源を点ける。目を覚ましたディスプレイがまぶたの裏で妖しく光る。

車に乗り込むと、神経がゆるんだのか、急激にお腹が空いてきた。吐いた息がエンジン音にからめとられていく。

「つかささん」

助手席に座るマネージャーが、カバンの中から携帯電話を取り出した。

「ねえ」

何か言われる前に、つかさは声を出す。

「飛永《ひえい》さんの件、どうなってるの」

一週間ほど前、国際的にも有名な演出家・飛永昌利《まさとし》が手掛ける舞台のキャストとして名前が挙がっていると聞かされた。今から約一年後、来年の冬ごろの上演を目指している舞台らしい。とはいえ、飛永昌利のスケジュールが揺れているらしく、稽古期間、上演期間ともにまだきちんと固まってはいないようだ。

「飛永さんのこだわりらしいんですけど、もしかしたら本決まりの前に一度、ご本人にお会いいただくことになるかもしれません」

オーディションか、と思うと、体から力が抜けた。全身が、二年前の秋に買ったウールコートの中に埋もれていく。飛永昌利はキャスト選びにとてもうるさいことでも有名だ。

結露で曇った窓ガラスが、夜の輪郭を曖昧にする。そこまで疲労しているわけではないのに、運転手やマネージャー、そしてこの乗り物の外に広がっている世界に対して、より疲れている自分を見せつけようとしてしまう。

「オーディションの日程は決まってるの？」

「それもまだ固まってはいないみたいなんですけど」マネージャーは、タッチパネル式の小さな端末の中にスケジュールの全てを集約している。「来年の春の舞台とは重ならないように調整します」

春の舞台のスケジュールは、もう動かせない。深夜のバラエティ番組から派生したらしい、男性アイドルが集結した舞台だ。客は、開演前にダウンロードしたアプリで、好きな役に投票しながらその舞台を観るらしい。男子校という設定の中で、つかさは音楽の先生の役を務める。稽古の期間なんてほとんど用意されていないのに、上演期間はやたらと長い。お金を何度も払ってくれるリピーターを見越してのスケジュールなのだろう。

円には、こんな仕事の依頼はきっと来ない。つかさは顔のほとんどが隠れるようにマスクの位置を調整した。

年内のうちに、一度だけ出演者の男の子たちとの顔合わせがあった。舞台の上に立つ人間の中で、三十六歳のつかさが一番年上だった。真冬なのにまるで夏のような格好をしている男の子たちの胸板は、揃ってうっすらとしており、にょきにょき伸びる手足は若い竹のように見えた。

車のラジオから、夜の十一時を告げる時報がかすかに聞こえてくる。この音を聴くと、こんなにも狭い空間の中に閉じ込められている人間同士が圧倒的に他人であるということを、なぜだか、改めて強く感じる。

「あの、つかささん」

そのタイミングで、マネージャーが口を開いた。

「あした、事務所に、円さん来るみたいですけど」

「そう」

時報が鳴ったら言おうと、心の中で決めていたのかもしれない。マネージャーのけなげな勇気を想像すると、余計に口数が減った。

「……円さん、つかささんに会いたがってるみたいですよ」

「そう」

それだけ言うと、つかさは目を閉じた。眠るつもりはなかったけれど、意識をはっきりさせていたくもなかった。

暗闇の中で、ディスプレイが少しずつ温かくなっていく。

◆

生まれたときに四千グラムを超えていたつかさは、首がすわるのも、話し出すのも、歩き出すのも、他の子どもよりも早かった。母はそんなつかさのことを面白おかしく周囲に話しながらも、発育が遅いと不安がる母親たちの相談にちゃっかりと乗っていた。

同じ地区には、つかさと四日違いで生まれた剛大《たけひろ》という男の子がいた。気の合う母親同士がファミレスやお互いの家で会うたびに、つかさも剛大と顔を合わせるようになった。女の子、男の子という自覚がはっきりと生まれる前に、ふたりは自然に仲良くなった。剛大がラジコンを欲しいといえばつかさも欲しがったし、つかさがローラースケートを欲しいといえば剛大も欲しがった。そしていつも、どちらが上手にできるのかを競い合った。

ある日、幼稚園の帰り道、剛大が体操の教室に遊びに行くというので、母に頼み込んでつかさも一緒についていった。そこにはすでに、剛大の年の離れた兄が通っているらしく、剛大は教室に着く前から、兄ちゃんが、兄ちゃんが、と何度も繰り返していた。母が三十を超えてから産んだ一人っ子であるつかさには、無条件に慕うことができる「大人ではない人」がいることがとてもうらやましく感じられた。

剛大についていくうち、つかさもその体操教室に通うことを決めた。周りの子たちよりも大きな体は、幼稚園では思うぞんぶん動かせないときもある。そんなことを一切気にしなくてもいい体操教室はとても楽しかった。もともと柔軟性に優れていたつかさは、新体操のコースに入った。薄いブルーのリボンをくるくると振り回すつかさを見て、剛大は「何してんのそれ」と、とても楽しそうに笑った。器械体操コースに入った剛大は、兄が力強く体を動かす姿を真剣な目で見ていた。

つかさと剛大は、お互いに背を追い抜いたり、追い抜かれたりしながら、これからどこまででも伸びていきそうな四肢を思うぞんぶんに動かした。つかさはその中でも、きちんと、教えられた動きの順番を記憶することができた。

「やっぱり女の子だね、つかさちゃんは」剛大の母親が感心したふうにそう言うたび、つかさは剛大に対して威張っていいのかよくわからない気持ちになった。「ていねいに、一個ずつ覚えてやってる感じ。剛大は勢いだけだから、今日できたことが明日できなかったりするの」

男の子、女の子という理由だけで、剛大と自分の間に何かしらの違いが生まれるのだろうか。つかさはそう思ったけれど、そのもやもやした気持ちを言い表すことができなかったので、黙っていた。

小学生になると、剛大は男であり、つかさは女であるということが、本人達にもわかるような場面に出会うことが多くなった。それは、コーヒーの空き缶のように、日常の中に自然に転がっていた。小学校に入るまでは、体操教室の中のコースは違っても同じような技を練習していたのに、いつしか、つかさの技はより柔軟性を重視するようになり、剛大の技はより筋力に重きを置くようになっていた。

「どっちが先にできるか、勝負な」

ラジコンを買ってもらったときも、ローラースケートを買ってもらったときも、剛大は挑発するようにそう言って笑った。同じ技を教えてもらっていたときは、いつでもどこでもすぐに平等に勝負ができた。だけど、本当の意味での勝負はきっともうできないのだと、あるときリボンの先を見つめながらつかさは悟った。剛大が評価される観点と、自分が評価される観点がどんどん変わってきていることに、つかさはなんとなく気が付いていた。

つかさはいつも、剛大の向こう側に、新しい何かを発見していた。ラジコン、体操教室、きょうだい。剛大の肩越しに見えるものはすべて、つかさは知らないもので、だからこそ魅力的に感じられた。

そして、つかさはそんな状態をもどかしく思う自分がいることに気が付いていた。そのもどかしさが何を意味しているのか、そのときのつかさにはまだわからなかった。

「実は私、前から観てみたかったんだよね」

ある日の夕食時、母がそう言いながらカバンの中からチケットを二枚取り出した。つかさが小学四年生のときだった。

「ここの舞台、すごいって言うじゃない。都内に住んでても意外と行く機会ないし」

いる。

「ふうん」

特に興味のなさそうな父と、すこし興奮気味の母の会話を、つかさは今でも覚えている。

「じゃあお前とつかさで行ってくれれば」

「ほんとにっ？　その日、夕飯、自分で用意してもらってもいい？」

ビニールボールが弾むようにそう言う母に対して、父はクールに「別にいいけど」と返していた。そのときつかさは、母がいない土曜の昼、父が嬉しそうにカップラーメンに卵を入れて食べている姿を思い出していた。

「剛大くんのママからもらったのよ、これ。ママと一緒に行こ」

母はそう言って、ぴんと両側に張った長方形の紙をつかさのほうに見せてきた。漢字ばかりでよく読めなかったけれど、しあさっての土曜日の午後六時半から、どこかに入場するための紙なのだということはわかった。

「剛大くんのママ、予定が入って行けなくなっちゃったんだって。今度一緒にお礼言いに行こうね」

剛大のお母さんが行けないのなら、剛大と自分のふたりでは行けないのだろうか。

つかさは頭の中に浮かんだ考えを急いで揉《も》み消した。剛大は四年生になってから、体操教室のあと、一緒に帰ってくれなくなっていた。新体操コースと器械体操コースの終了時間が違うこともあってか、剛大は同じ器械体操コースに通う男子と肩をぶつけ合うようにしながら、施設の玄関を出て行ってしまうのだ。

胃から湧き上がってくるようなもどかしさを、つかさはお茶と一緒に飲みこむ。

「楽しみ」つかさがそう言うと、母はうれしそうに笑った。

赤い座席がずらりと並ぶ劇場は、気を抜いたらすぐに迷子になってしまいそうだったので、つかさは母の上着の裾をそっと握り締めていた。「トイレ大丈夫？　これから途中休憩まで出られないからね」母はそう言うと、つかさにひとつチョコレートを渡してくれた。二部構成の舞台が終わるのは夜の九時を過ぎるころだというので、母は夕方のうちにごはんを作っておいたらしい。テーブルに置かれた「チンして食べてね」という手紙を見て、父は少しがっかりした顔をしていた。

「すごかったねえ」

第一部のミュージカルが終わり、劇場の明かりが点くと、母が感嘆したようすでそうつぶやいた。つかさは、う〜んと両腕を思いっきり伸ばす。外国人の名前が覚えられなかったり、遠くにある舞台の上でいま誰が話しているのかわからなくなったりして、つかさはあまり楽しむことができなかった。それでも、母の手前何かを褒めようと思ったつかさは、「男の人もきれいな顔だね」とだけ言って、脱ぎかけていた靴を履き直そうとした。

「あれ、みんな女の人なんだよ」

「えっ？」

母の声に、つかさは思わず身を乗り出す。爪先に引っかかっていた靴が、床の上に落ちた。

「さっき出てたの、全員女の人だよ。主人公も、女の人が、男役をやってるの。言ってなかったっけ？」

トイレ行ってくるね、と、座席を立った母がつかさの太ももを跨《また》いだ。一瞬、視界が遮られる。

つかさは、ごくん、と唾を飲み込んだ。そうすると、体中を巡るたくさんの管の中で突っ張っていたあのもどかしさが、ぬるんとどこかへ流れていったような気がした。

三十分の休憩のあとに始まったのは、ショーだった。さきほどまでとは違い、役名や物語があるわけではない。陽気な音楽と華々しいダンス、そして客席のぴたりと揃った手拍子。母とつかさも、戸惑いながらも、その手拍子に参加した。

中盤、野球の試合を模した曲目があった。お揃いの野球のユニフォームとキャップを身に付けたグループと、チアリーダーの格好をしたグループに分かれ、競い合うようにして踊る演出だ。どこからどう見ても男性の野球選手にしか見えない女性たちが、四肢を派手に動かしながら、舞台の上で自由に踊りまわっている。

その中で、男役のグループが、肩を組む場面があった。お互いのキャップを取り合うようにして、じゃれあっている。

やっぱりそうだ、と、つかさは思った。

さっき、体の中をぬるんと流れていったものたちが、一度体を巡ったのち、頭の真ん中に集まってくる。

自分は、剛大と親友になりたかったんだ。つかさは思った。同じ生き物として、肩を組んでいたかったんだ。大人にいたずらが見つかったときは、そのほうが見つかりやすいとわかっていても、二人で大きな声を出しながら同じ方向へと逃げたかったし、肩を抱き合って笑っていてもそれ以上の意味が生まれないような、人間同士の親友になりたかったのだ。

その日からつかさは、様々なことを調べた。

バレエ、声楽、面接。その三科目からなる一次試験、二次試験をそれぞれ突破してようやく、日本舞踊学校に入学できること。その舞踊学校で二年間みっちりと勉強をすれば、その後、日本舞踊学校を運営している団体が保有する大劇団に所属できること。大劇団は大阪と東京に常設の劇場を持っており、五つに分けられた組がそれぞれ、持ち回りで公演を行っていること。日本舞踊学校に入る時点で、性別は女子に限られること。そのため、大劇団が上演している演目は全て、女性のみで演じられていること。

ただ知識が増えていくだけなのに、なぜだかそのたびに、自分が一歩ずつあの舞台へと近づいているような気がした。そして、そのたびにつかさは剛大のことを思い浮かべた。

数日後、つかさは母と剛大の家を訪ねた。母にはコーヒー、つかさにはオレンジジュースを出してくれた剛大の母親は、つかさの母がチケットのお礼にと持ってきたクッキーを一つも食べないまま言った。

「あの日はね、向こうの社宅を見に行ってたのよ」

剛大の母は、申し訳なさそうにコーヒーをすすると、「もう転勤もないかと思ってたんだけどね」とため息をついた。剛大は、いまにも雨が降り出しそうな空の下、もうすぐ離ればなれになってしまう幼なじみを置いて、どこかへ遊びに行っていた。

剛大の家から自分の家までの帰り道、つかさは、将来、男役としてあの舞台に立つ自分を想像した。あの人たちみたいに、低い声で、大袈裟な仕草で笑っていれば、いつか、剛大の肩を抱いて男同士の親友みたいになれるかもしれないと、そう思った。

「さみしいね」

母がそうつぶやいたとき、ついに雨が降ってきた。つかさが傘をさした。つかさの背の高さは、母のそれともうあまり変わらなかった。

◆

3

玄関に腰を下ろしたとき、朝、捨てようと思っていたゴミ袋がそのままになっていることに気が付いた。昨日、パックのお寿司を食べたからだろう、しょうゆと魚の生臭さが混じり合った匂いが鼻先をかすめる。

ブーツを脱ぐ前でよかった、と思いながら、つかさは洗濯機の上にカバンを置いた。膝立ちのまま廊下を進み、キッチンのそばに置いてあるゴミ袋をつかむ。

「あなたは記憶をなくしているのですね。この花のことも忘れてしまっている。これは、あなたの愛した人が愛した花ですよ」

ブーツの底が床に触れないように気を付けながら、玄関まで戻る。白いパンツに守られた膝が、フローリングの床に擦れる。

「あなたが人を愛していてよかった。あなたが何もかもを忘れても、誰かがあなたのことを覚えている」

小さな声でセリフをつぶやきながら、つかさは玄関を出てエレベーターに乗った。中に誰もいなかったので、セリフの反復を続ける。ゴミを捨てるために外に出た自分を包む空気は、そうではない自分を包むときよりも、より冷やかに感じられた。

マンションの一階には、曜日、時間に関係なくゴミを捨てることができるスペースがある。同じ事務所の人が多く住んでいるこのマンションの中で、最も誰にも会いたくない場所がそこだ。汚いものを早く手放そうとしている姿は、きっと自分が思っているよりも醜い。

「あなたの記憶はきっと、あなたを覚えている誰かによって、少しずつ補われていくでしょう」

部屋に戻り、玄関先に腰を下ろす。ブーツのひもをほどいていると、白いパンツの膝のあたりが少しくすんでいることに気が付いた。さっき、膝立ちの状態でこの廊下を歩いたからだろうか。

部屋の床をきちんと水拭きしたのはいつだっただろう。一瞬そう考えたけれど、つかさはすぐ思考を遮断した。

ブーツを脱ぐと、少し汗ばんだ靴下が空気に触れた。さらに靴下を脱ぐと、虫のように少しずつ脱皮をしているような気持ちになる。

体だけが、日々、脱皮を繰り返している。身にまとっているものが、少しずつ、剝がれていく。

退団し、いまの事務所に入ることを決めたとき、円がメールをくれた。

【一緒の事務所に入るって聞いたよ。事務所のマンションね、窓が大きいから、夜になると全身鏡みたいになるんだよ】

すごく久しぶりのメールなのに、その文面は、ついさきほどまで会話をしていて、さらにその一秒後も会話が続くうちの一文をこっそり抜き取ったようだった。

円は、退団してすぐ、この事務所の看板女優になった。大きな化粧品会社のCM契約も、何年も更新され続けている。

「あなたは記憶をなくしているのですね。この花のことも忘れてしまっている。これは、あなたの愛した人が愛した花ですよ」

つかさがそうしゃべり、動くと、窓の中のつかさも同じように動く。このセリフは、稽古のとき、主人公に降りかかった悲劇を、まるで自分のことのように嘆き、愁《うれ》えてほしいと演出家から注文され続けた場面だ。

結局、このシーンに関しては演出家が頷くことのないまま初日を迎えた。初日はたいてい、独特の高揚感もあってか、どのキャストも普段以上に濃厚なパフォーマンスを発揮する。しかし、キャストの中で最も豊富な舞台経験を持つつかさは、その高揚の波に呑みこまれることはなかった。

「あのシーン、よかったよ。やっぱり客を前にすると、みんな変わるんだな」

カーテンコールのあと、演出家がつかさにそう声をかけてきた。ありがとうございます、と、頭を下げると、ニスでつやつやに光る床が見えた。その床の木目の線を数えながら、つかさは、この人もそうなのか、と思った。

あのシーンに関して、稽古のときから変えたところは何もなかった。むしろ、あえて変えないようにしていたくらいだ。初日を迎えた途端、ただ客前に立ったというだけで稽古よりもよくなっていたと言ってくる演出家は少なくない。やっぱり舞台の上に立つ人なんだね、と、余計なひと言を加えてくる人すらいる。

みんな、そうやって片付ける。この仕事をしているならばこうあるべきだという物語を課して、その他のことは考えなくてもいいようにする。

化粧を落とし、部屋着に着替え、とりあえずテレビを点ける。テレビ台のラックには、飛永昌利が演出した舞台のDVDがいくつか並んでいる。マネージャーが用意してくれたDVDは、すべて、一・五倍速で一度ずつ観た。そのときはオーディションがあるとは思っていなかったので、なんとなくの雰囲気をつかんでおけばそれでいいと思っていた。

飛永昌利は、役者を極限まで追い込んでいく手法で有名だ。その結果、初日を迎えたキャストたちはどこか憑《つ》き物が落ちたような顔でインタビューや会見に応じていることが多い。演じる上で大切なことを教えてもらった気がしています。いままでやってきたことは演技じゃなかったかもしれないなんて、そんなことすら考えるようになりました。どこかの雑誌でそう語っていた若手俳優は、布みたいな衣装をまとい、舞台の上でとげとげしいセリフを喚き散らしていた。布が動くたびに、その向こう側には鉋《かんな》できれいに削られた高級な木材のような裸体が見えた。つかさはこのＤＶＤを観ていたとき、その場面で一度だけ、リモコンの一時停止ボタンを押した。

その日は天気が悪かった。マンションの中にまでじっとりと雨が染み込んでくるような空気の中で、つかさは、最後に誰かの裸に触れたのはいつだったろうと考えた。せっかくきれいにリフォームされたのに、この部屋では誰もセックスをしたことがない。そう思うと、なぜだか、マンションの中でこの部屋だけが最も早く腐っていくような気がした。

事務所のパソコンと同期しているため、自宅でも仕事のスケジュールをチェックすることができる。明日は休演日だ。特に他の仕事はない。明日のうちにもう一度、飛永昌利のＤＶＤを観直しておくべきかもしれない。

パソコンを立ち上げると、早くあの続きを書きたいという甘い誘惑に襲われる。でもまだダメだ。それは一日の終わりと決めている。

パソコンの画面の中で、カーソルが自由に動く。事務所が公式で行っているツイッターやブログに、インスタグラム。事務所に秘密でこっそりアカウントを取ったフェイスブック。ツイッターやブログやインスタグラムは、更新されるたびに、香北つかさの忙しさが周囲に伝わる。フェイスブックは、更新していない時期が長くなればなるほど、田口つかさの忙しさが周囲に伝わる。

田口つかさであったころは、テレビに出ている人たちの言う「役作り」が、鏡のようになる窓に向かって部屋着で踊ったり、スーパーで買った惣菜を食べながら一・五倍速でＤＶＤを観たりすることだとは思っていなかった。もっと、一般人にはできないような、ミステリアスで、深くて、まるで魔法のような、特殊な能力が必要なものだと思っていた。

これまでの舞台をたくさん観させていただいて、そこで吸収したものを役作りに生かしました。飛永昌利の舞台に出ていた俳優は、そう語ってもいた。吸収、役作り。世界のどこともつながっていない時間には、たいてい、聞こえのいい名前がついている。

マウスを動かし、ホーム画面に戻ると、トップニュースのラインアップがさきほどと少し変わっていた。それでもまだトピックス内に居続ける【沖乃原円　女優業引退会見】という文字のすぐ隣には、動画が見られるようになったのか、長方形のサムネイルが表示されている。
少し迷ったあと、つかさは、見出しのうちの【円】の部分にカーソルを合わせた。
カチ、というマウスの音は、針が床に落ちる音と似ていた。

整形女優さん、お疲れ様でした。もう出てこなくていいですよ。＋10984　－672
https://www.youtube.com/watch?v=……　この動画を観て沖乃原円は整形だと思う人は＋をクリック　＋9006　－422
お父さんが観に来たとしてもわからないんじゃないんですかね、整形してるから。まあ自業自得ですよね。＋8752　－390

画面を一番下までスクロールすると、ニュースの記事を読んだ一般の人々のコメントを見ることができる。そのコメントへの同意が多ければプラスの数値が高くなり、反対意見が多ければマイナスの数値が高くなる。つかさは、二つ目のコメント内にあるURLをクリックした。
ぽこ、と、ウィンドウがひとつ増える。たとえクリックするまでに人間らしいためらいがあったとしても、それでもあなたが選んだんでしょうと言うように、リンク先にはほんの一瞬でアクセスされてしまう。

あっという間に、【沖乃原円　整形疑惑　1／4】というタイトルの、十二分弱の動画が再生されはじめた。桜が散る映像を背景に、【あの人のために舞台に立ちたい～少女たちが追いかける夢～】という文字が浮かび上がる。

日曜の午後に設けられている、一時間のドキュメンタリー枠だった。毎週、焦点を当てられるのは一般人だが、ナレーションは著名な芸能人が務める。

長方形に切り取られた小さな画面の中で、十五歳の円がバレエの稽古をしている。沖原まどか（15）、という白い文字が、画面の下の方に表示されている。

この番組は、つかさが舞踊学校に入学する直前、地上波のとある局で全国放送された。つかさは、母とふたりでこの番組を観た。父は昼ご飯を食べたあと、リビングでそのまま眠ってしまっていた。

つかさはこの番組を観て、自分が舞踊学校を受験した年は平均よりも合格倍率が高かったらしいことを知った。そして、テレビの画面の中にいる子たちが、自分と同じところを目指しているようにはどうしても見えなかった。みんな、すでに、テレビに映る資格を与えられているように見えた。

動画は淡々と進んでいく。画面の右に並んでいる関連動画の欄には、ごていねいに【2／4】【3／4】【4／4】がすべて揃っている。

テレビカメラははじめ、この年に舞踊学校を受験する三人の女の子を同時に追っていた。けれど、途中から明らかに、円を追うシーンが多くなっていた。バレエのスクールだけでなく、狭い自宅アパートの中にもカメラが入っているのは円だけだった。

「体が人より小さかったこともあって、小学生のころからいじめられていて……いまも、友達っていう友達はあんまりいなくて」

ワンサイズ大きなダウンコートに身を包んだ円が、白い息をはふはふと吐き出しながらカメラに向かって話すときもあれば、

「本当に小さなときから、歌うことと踊ることが好きな子でしたね。学校が終わると、友達と遊ぶことはあんまりせずに、すぐ家に帰ってきてテレビを点けていました。歌番組のまねごとを、ずっとしていましたね」

台所に立ったままの円の母親が、神妙な表情で円のことを語るときもあった。

「父親は……まあ、別居です。生活費は、私の稼ぎだけでは足りないので、ある程度は振り込んでもらってます。そのおかげでこの子がバレエ習ったりできてるので、なんともいえないですけど。バレエは月謝ギリギリですね。でもどうしてもやりたいって言うので」

「お父さんは、誕生日の日にだけ会えるんです。いつも、駅前のレストランに連れていってくれます。いつか、舞台に立つ私の姿を見てほしいなって」

円と、円にそっくりな母親の口からは、テレビに映るにはちょうどいい不幸がぽろ

ぽろとこぼれ落ちてきた。三月も半ば、まだ点けっぱなしのホットカーペットの上で、つかさは、母が淹れてくれた甘い紅茶でふくらんだ腹をゆっくりと撫でた。

乾いてきた目で何度かまばたきをする。動画はいつのまにか、【沖乃原円　整形疑惑　4／4】まで進んでいた。つかさは、スリッパの中で冷えはじめた足の指先を、スウェットの裾で包み込む。

長方形の画面の中、円が、バレエスクールの先生から激励の言葉をもらっている。番組もクライマックス、二次試験受験日の前日、最後のレッスンが終わったあとのシーンだ。

「あなたはね、悲しみを表現するときの説得力がずば抜けているの」

テレビカメラは、円の横顔をアップで映している。涙を浮かべた円の瞳は、まだ固まる前のゼリーのように、指の先で触れればとろんと溶け出してしまいそうだ。

「技術では決して手に入れられない感情表現を、あなたはすでに手に入れている。その表現は、見ている人たちに絶対に伝わる。自分の生い立ちを恨むこともあったかもしれないけれど、それは違うわ。あなたは大きな武器を持っているのよ」

つかさはこの場面が放送されているとき、飲み干した紅茶のカップの取っ手をそろそろと触りながら、目の前で眠っている父の丸い背中を見ていた。そしてぼんやりと、受験会場で見たたくさんの女の子たちの顔を思い出した。

「あなたの表現は強いわ。幸せや喜びを表現するときほど、あなたの力は爆発する。さみしさ、悲しみ、本当の孤独を知っているからこそ、あなたが表現する喜びは、見る人の心を打つわ」

化粧がうまくいっていなかったあの子、脚が細いのにひどいO脚だったあの子、試験が終わったあとトイレで泣いていたあの子、その子を慰めながら鼻の穴を少しふくらませていたあの子。受験生の誰の中にもきっとあったはずの主人公としての可能性が、一秒ごとに、ていねいに揉み消されていくようすが、つかさの目にははっきりと見えた。

春のはじまり、日曜の午後にぼんやりと眠る、いつも優しい父の背中。その背中を覆う、しょうゆの染みがついたままのセーター。飲み干した甘い紅茶、しっとりとあたたかいホットカーペット。

ここにテレビカメラが入ったとして、一体、何を撮るのだろうか。

そのうち、テレビの中で語るバレエの先生の声が震えはじめた。

「だから、あなたは大丈夫よ。課題曲がどんなものでも、あなたの魅力は絶対に伝わる。少なくとも先生には、いつもいつも伝わってるから」

円がこくんと頷いたとき、ついに、ふたりの瞳から涙がこぼれ落ちた。ナレーションは入らず、円が決意を固めたその横顔だけが、無音のテレビ画面に映っていた。

受験会場のそこらじゅうに落ちていたはずの小さなドラマが四方八方に飛び散って、円だけが、そこに残った。

再生時間が終わる。十五歳の円がアップで映っていた画面がばっくりと九つに分割され、それぞれのスペースに他の動画のサムネイル画像が敷き詰められる。つかさは、両目の上をつまむように押さえたあと、少しの間、目を閉じた。

お風呂に入らなければ、と、思う。舞台衣装のかつらをつけていた髪の毛は、中で小さな虫が蠢いているように、もやもやと痒い。さっさとお風呂を済ませて、早く、あの文章の続きを書きたい。

このドキュメンタリー番組が動画サイトにアップされたのは、つい最近のことだ。いま現在の沖乃原円と、十五歳の彼女の顔がこんなにも違う、と、あるまとめサイトを通じてあっという間に拡散されていった。

円がくも膜嚢胞による女優業引退を発表したのは、それからひと月も経たないころだった。

円は整形なんてしていない。つかさは、誰よりもそのことをわかっている。同い年で舞踊学校に入学して、その二年後、二人揃って夢組に振り分けられた。娘役として入団した円は、歳を重ねるたびに、本当にきれいになっていった。こんなにもどんどん美しく変わっていく女性がいるのかと、夜が明けていく様子を眺めるような気持ちで、つかさは円のことをずっと見ていた。

椅子から立ち上がる。ふと時計を見ると、もう日付が変わっていた。

円の引退は、事務所のマネージャーから直接聞いた。ジムからの帰り道、定期的に行われる健康診断の結果通知を受け取りに、事務所に寄ったときのことだった。「円さん、病気でして」小さな声で話し始めたマネージャーは、つかさの目を見なかった。通常の生活に支障はない、けれど頭に衝撃を与えることは許されない。つかさは、渡された健康診断の結果通知に躍る「異常なし」というたくましい文字を見つめながら、魅力的な物語の種がまた、甘い匂いを発し始めていることを感じていた。

4

【今日の二十時ごろ、連絡とれますか】

マネージャーからのメールは、冒頭に用件が述べられていていつもわかりやすい。

携帯の画面をスクロールすると、適度に改行された文章が現れる。

【飛永昌利さんのスケジュールが夜までにわかりそうなので、オーディションの日程を決めさせてくださ い。先方は早く日程のフィクスをしたいと言ってきています。そもそも先方のスケジュールが出るのが遅いんですけどね……よろしくお願い致しま

す】

大丈夫です、と打ち込み、送信ボタンに指を近づける。

「つかさ」

メールが送信されたのと同時に、台所にいた母がリビングへ顔を出した。

「ごめんね、せっかくの休みなのに」

母は、同じ柄の湯呑みがふたつ載せられたお盆を丁寧に運んでいる。実家のリビングは湯呑みが似合う。

「いいよいいよ。足、痛いんでしょ」

つかさは、母の淹れてくれたお茶を一口啜ると、「おいしい」と思わずつぶやいた。二枚重ねて靴下を履いている母は、よいしょ、と声を出してソファに腰を下ろした。父はもう六十を超えているが、長年勤めていた会社の子会社に出向し、まだ働き続けている。

母がテレビを点ける。父ならば必ず観るであろうゴルフ中継が素通りされたあと、再放送のサスペンスドラマが大きめの音量で流れ始める。自分でチャンネルを設定したくせに、母はテレビ画面を見ることもなく文庫本を開いた。湯呑みから、湯気がかすかに立ち上っている。

「……そろそろかな」

お風呂にお湯を溜めはじめてから、もう十分ほど経っている。「ありがとね、助かるわほんとに」母の声を背中で受け取ると、つかさはひとり、お風呂場へと向かった。

浴槽には、半分弱ほどのお湯が溜まっていた。つかさは、あらかじめ脱衣所に運んでおいた布団を浴槽の中に沈めていく。

休みの日はこうして、実家に帰ることがよくある。実家のある山梨までは、新幹線を使わずとも二時間ほどで帰ることができる。

つかさは、ジーンズを脱ぐと、手際よく短パンに穿き替えた。浴槽の中に液体洗剤を垂らし、裸足《はだし》で浴槽の中に入っていく。

つかさの家では、布団をこうして踏み洗いする。つかさが中学生のころ、はじめて踏み洗いを試した母は、布団を踏むたび踏むたび濁っていくお湯を見てとても驚いていた。それ以来、踏み洗い以外の方法では布団がきれいにならないと思い込んでしまったらしい。

ぶしゅ、ぶしゅ、と音をたてながら、水と泡と布団が混ざり合っていく。六十歳が近づいたころだっただろうか、母は、冬が近づくと足が痛くなると言うようになった。それ以来、実家に帰れるときは、母の代わりにつかさが布団の踏み洗いをしている。

この家に住んでいたころはよく、浴槽の中、母とふたりで足を動かした。

「学校の寮でも、こうやって洗えるのかな」

十五歳で舞踊学校の試験に合格したつかさは、中学卒業と同時に実家を離れ、舞踊学校の寮に入ることが決まっていた。

「どうだろうねえ。寮では自由にはさせてもらえないみたいだもんね」

母はいじわるそうにそう笑うと、つかさの足を踏まないように、右、左、右、左と自分の足を動かした。踏み洗いは、ふたりでやればずっと早く終わる。そして、狭い浴槽の中ふたりで踏み洗いをしようとすると、自然に向かい合う形になる。

「寮ってどんな感じなんだろ」

つかさはこのとき、家族と離れるさみしさや環境が変わる不安をもちろん感じてはいたが、どちらかというと、これまでなんとなくうまくやってきた自分はこれからもなんとなくうまくやっていくのだろうという自信を抱いていた。

「同じ学年の子たちと仲良くなれるといいね」

つかさは、小学一年生から中学三年生までずっと、クラスの女の子の中で一番背が高かった。学校の部活には入らず、体操教室で新体操を続けた。ショートカットというスタイルを変えないつかさを、どのクラスの女の子たちも、かっこいい、かっこいいと褒めた。「クラスで一番背が高く、学校の外の体操クラブに所属しているショートカットの女の子」は、なぜか自動的に、女子特有の言葉にしづらい人間関係の外側に置かれるようだった。

お風呂場では、声がよく響く。

「テレビで観たあの子、つかさの同級生になるんだよね」

だからつかさは、母の声が聞こえないふりなど、できなかった。

「そうだね」

つかさはあいまいにそうつぶやいた。自分の足が一瞬だけ止まっていたことに気が付いて、慌てて動かした。

テレビで観たあの子。舞踊学校に受からなくても、テレビに映るだけのちょうどいい不幸を背負っていたあの子。スポットライトをぴかっと浴びて、大勢の人の前で歌い、踊るあの子。名前はなんと言っただろうか。どこに住んでいただろうか。名前や出身地は思い出せないのに、あの子が目いっぱいに浮かべていた涙と、その涙の膜を震わせていた大人の言葉の数々は、はっきりと思い出すことができる。

――父親は……まあ、別居です。

――さみしさ、悲しみ、本当の孤独を知っているからこそ、あなたが表現する喜びは、見る人の心を打つわ。

リビングに戻ると、午後四時を過ぎたところだった。

「布団、いま脱水してる。終わったら、コインランドリー持ってくから」

穿き替えた短パン姿のまま、つかさはリビングのソファに腰かけた。「最近やってなかったでしょ。めちゃくちゃ汚れ出てきたよ」足を動かし続けていたからか、暖房の効いたリビングが少し暑い。

「ありがとう。あと、これ、すごくおいしかったわあ」

母は読んでいた文庫本を閉じると、小皿に載ったバウムクーヘンを指さした。「これ、あんたの分ね」電車に乗る前、駅の地下でつかさが買ってきたものだ。ていねいに切り分けられているバウムクーヘンには、よく洗われた銀のフォークが添えられている。

母はめがねを外して、もうすっかりぬるくなったお茶を啜《すす》った。

「円さん、引退するんだねえ」

さっきワイドショーでやってたよ。おやつの最後のひとかけらを食べるようにそう言うと、母は、ソファに深く座り直した。

「映画とかドラマとかいろんな映像がまとめられてたんだけど、やっぱあの子、演技うまいよねえ。なんか、真に迫ってるっていうか。いろいろ乗り越えてきてるからかな」

つかさが返事をしないことなどどうでもいいと言うように、母はソファから身を乗り出した。

「あんた覚えてる？　あの子、入学前に密着番組出てたよね。その映像も、さっきちょっとだけ流れたんだよ。もう懐かしくって」

「あー」つかさは、お盆の上に置かれている小皿を手に取る。底の冷たさがひんやりと気持ちいい。「そんなのあったっけ」

「あったよ、ここでこうやって一緒に観たじゃない」

お父さんが寝ちゃってさあ、と、母は、同窓会で学生時代の話をしているかのようにリズミカルに話し続ける。

「あとなんだっけ、女優業で印象に残ってることはって聞かれて、あんたの名前出してたよ。夢組に入りたてでまだ若かったとき、あんたの衣装勝手に変えてすごく怒られた、みたいな話で」

つかさは、横に倒した銀のフォークをバウムクーヘンに沈ませていく。

「黄色いストール？って言ってたけど、あんた覚えてる？」

いくつもの層が重なってできているバウムクーヘンが、少しずつ切れていく。

黄色いストール。

「覚えてない」

覚えているに決まっている。

「あんたはどうなの、仕事」

銀のフォークが皿の底に当たり、カチン、と音がした。

「新しい舞台、また決まりそうだから。それよりこれおいしいね」

つかさがバウムクーヘンを指さすと、母は「でしょっ？」とまるで自分が買ってきたおみやげを褒められたみたいに語尾を跳ねさせた。お父さんの分も残しとかなきゃねえ、と笑う母の頭の中には、きっともう、円はいない。

こういうときはいつも、あの文章の続きを書くことを想像することで、気持ちを落ち着かせられるようになった。円の引退会見の日から毎日毎日書き溜めているので、もうかなりの量になっている。

つかさはもう一口、大きめにカットしたバウムクーヘンを口に含んだ。どの雑誌にもおいしいと書いてあったバウムクーヘンは、想像していたよりもずっとパサパサしていた。


【飛永昌利さんのスケジュールが出ました】

ぐるんぐるん回る乾燥機の中で、さきほど余すところなく踏みつぶした布団が楽しそうに躍っている。右向きに三回転したかと思えば、今度は左向きに三回転。大人の大きなてのひらで、たかいたかいをしてもらっている子どもみたいだ。

つかさは携帯の画面をタップする。つかさが布団を抱えて家を出たころ、母は台所で腕まくりをしていた。布団を乾燥させているあいだに、夕食の準備をしてしまうらしい。

【①×日の十七時、②×日の十一時、③×日の二十時が先方が希望されているオーディションの日程です】

布団の乾燥は、十分では終わらない。百円分の乾燥が終わるたびに中の布団を触ってみて、まだ湿っているようならば、また、百円を追加していく。

【前後のスケジュールを考えると③が最もよさそうな気がしますが、いかがですか。ご確認の上、検討いただけますと幸いです】

つかさは、マネージャーからのメールをもう一度はじめから読み直した。マネージャーは、つかさの仕事のすべてを把握したうえで、つかさのスケジュールの空きを確認してくれている。けれども、マネージャーが把握しているスケジュールこそが、つかさのスケジュールのすべてだ。美容院や歯医者以外に、個人的な予定はない。

結婚もしていないし、恋人もいない。つかさは、つかさの時計だけで動いている。

実家のすぐ近くにあるコインランドリーには、大きな乾燥機が五つ、ずらりと並んでいる。その向かいには、大きめの洗濯機が三つと、小ぶりなものが三つ。乾燥機と洗濯機のあいだにある細い通路には、背もたれのない錆びた丸椅子が置かれている。つかさから二つ空いて右隣に、五十歳を過ぎているだろうか、見知らぬ男が座っている。男は、百円玉を作るためだけに買ったのであろう缶コーヒーを、面倒くさそうに飲んでいる。

布団をきれいにして、着る物をきれいにして、この時間を過ごしている。よりよく生きていくための行動なのに、体中の何かが、どんどん死んでいくような気持ちになる。

つかさはもう一度メールを読み直す。何度読んでも内容は変わらない。

飛永昌利の舞台に出られるということは、舞台に立つ役者にとって、とても大きな意味を持つ。ただ「舞台に出た」だけなのに、まわりは、「ということは、あの人には何かがある」と、さまざまな付加価値を見出してくれるようになる。

付加価値。相手が勝手に物語を想像してくれるような余白。飛永昌利は、つかさが欲しくて欲しくてたまらないものを、きっと、連れてきてくれる。

「なあ」

声がした方向を向くと、缶コーヒーを飲んでいた男が、夜に向けて生え始めたひげを触りながらつかさのことを見ていた。

気づかれたかもしれない。つかさは一瞬、そう思った。

「ちょっと前から、止まってる」

男はそう言うと、つかさの目の前にある乾燥機を指さした。「あ、すみません」つかさが思わず謝ると、男は自分の洗濯物をさっさと片付け、コインランドリーから出て行ってしまった。まだ中身が残っているであろう缶コーヒーだけが、椅子の上に置き去りになっている。

マネージャー以外から、連絡はない。友人は皆、仕事や子育てで忙しそうだ。暮れていく景色の中を、ヘルメットをかぶった中学生が自転車に乗って横切っていく。年の瀬の迫った実家のある町、平日の夕方。止まってしまった乾燥機の中で、力なく項垂《うなだ》れているきれいな布団。

この町には、飛永昌利なんてどこにもいない。

母の足の痛みと、父の汚いゴルフバッグと、食べかけのバウムクーヘンと飲みかけの缶コーヒーでできているこの町に、飛永昌利の入り込む隙間なんて、どこにもない。それでも自分は、彼が連れてきてくれるであろう付加価値と余白が、こんなにもこんなにも欲しくてたまらない。

先端が冷えはじめた指を、つかさは器用に動かす。

【スケジュール、ありがとう。いま外にいるから、戻ったら確認して返信する。ま

た】
　少し、風が出てきたようだ。母はどんな夕食を用意してくれているのだろう。つかさはセーターの裾を握る。
　飛永昌利がいない町には、香北つかさなんて、もっと、もっといない。難しい名の病気になって、人気絶頂のさなかに芸能界を突然引退するというわかりやすい物語を得た沖乃原円だけが、昼間のワイドショーに乗っかって、この町にまでかろうじて届く。

　舞踊学校に通う生徒が住む「あじさい寮」は、学校から歩いて十分ほどのところにあった。生徒の一人暮らしは禁止されていたので、実家から通うことのできないほとんどの生徒があじさい寮に住んでいた。

　寮の中には八畳ほどの部屋があり、部屋にはそれぞれ最大で四人ずつ振り分けられた。四人分の布団を並べられるほど広くはない部屋の中には、二段ベッドが二つあった。男子禁制のこの寮は、たとえ生徒の父親でも入ることはできない。つかさの部屋は人数の関係で三人しか入居していなかったので、四人部屋に住む同級生から羨ましがられることがしばしばあった。

　ある冬、朝から雪が降った日があった。その日の午後のカリキュラムには、演技の授業が組み込まれていた。

「あなたたち、ちょっと」

授業の半ば、エチュードと呼ばれる即興劇の実習をしていたとき、講師がつかさの演技を止めた。

「貧しくて、食べるものもなくて、そばに頼れる人もいなくて、それでも戦争は終わらなくて……そういう舞台設定だってこと、あなたたち、わかってやってる?」

そのとき、つかさとペアを組んでいたのは円だった。同期の中でも目立っていた二人は授業でもペアを組まされることが多かったが、そのとき、講師は明らかに、つかさのほうを見ていた。

「セリフも完璧だし、滑舌も声の通りもいい。だけど、あなたのセリフ、なんにも入ってこないのよ」

そのとき、はい、と、すぐに返事をしたのは円のほうだった。「あなたたち」が「あなた」に変化したことをカモフラージュするには、十分すぎる声量だった。

その日の夜、二段ベッドの上で寝転んでいたつかさは、他に何も目に入らないからか、講師の言葉ばかりを思い出していた。耳で聞いた言葉なのに、一体どの管を通っていったのか、いつのまにかお腹の底の方にその音が居座ってしまっているような気がした。

「つかさ、上にいる？　円知らない？」

下の段から、同じ部屋に住む女の子の声がした。この部屋の居住者は、つかさと、円と、その女の子の三人だった。

「なんか、まだ戻ってきてないみたいなんだよね」つかさは思わず、枕元に置いてある目覚まし時計を摑んだ。午後八時四十二分。「外出してるっぽいんだけど、大丈夫かな、門限」

あじさい寮は、規則がとても厳しい。特に、当時、入学して一年目の予科生だったつかさたちは、二年目の本科生よりも気を付けなくてはならないことがたくさんあった。その中でも、午後九時の門限を破ることはかなり大きな規則違反となる。

「円、外にいるの？」

つかさがベッドから降りると、同室の子は「うーん」と煮え切らない返事をした。この部屋の中では、なんとなく、つかさがリーダー的な役割を担っている。

「たぶん。お風呂とかにもいないみたいだし」

あと十五分ほどで、九時になってしまう。この寮では、ひとりが規則を破ると、同級生全員が怒られることになる。

「私、探してくる」

つかさは寝間着にダウンを羽織《はお》ると、ひとりで部屋を出た。「まだ外にいるって決まったわけじゃないよ？」背後から不安そうな声が聞こえたけれど、つかさは気にせず外に出た。その途端、肌を裂くような冷たい空気が顔面に襲いかかってくる。こうして夜の雪道を歩くくらいのことをしないと、いつまで経っても講師のあの言葉を頭の中でこねくり回し続けてしまいそうだった。

夜の町に蓋をするように、雪がぼとぼと落ちてくる。街灯の光を頼りに円の姿を探しながら、つかさは、閉店した店の窓ガラスに映る自分の姿を見た。

黒い傘で雪から身を守る自分は、寒い冬の夜、両親と遠く離れた土地でひとり佇んでいるにも拘わらず、背が高く、肉付きもよく、とても健康的に見えた。

——貧しくて、食べるものもなくて、そばに頼れる人もいなくて、それでも戦争は終わらなくて……そういう舞台設定だってこと、あなたたち、わかってやってる？

「つかさ！」

パッと窓ガラスから目を離すと、前のほうから、円が全身を揺らしてこちらに走ってくる姿が見えた。

「よかった、いま何時？　ここどこ？　こっから郵便局ってどうやって行くんだっけ？」

円は腰を曲げ、自分の膝に手をついた状態でハァハァと息をしている。このあたりを走り回っていたのか、靴が雪に濡れてぐしゃぐしゃになっている。

「……郵便局？　何言ってんの？」

つかさが聞き返すと、円はごくんと唾を飲みこんだ。

「なんか、手紙、どうしても今日中に出したくなっちゃって……でも切手とか持ってないから、買わなきゃと思って」

円の小さなてのひらには、白い封筒が握られていた。目を凝らして見ると、宛名のところに、つかさの知らない名前が書かれている。

小さく控えめに書かれているその名前が、つかさの中の何かのスイッチを押した。

「郵便局なんて、こんな時間にはもうやってないし」つかさはそう話しながら、自分の声にはこんなにも抑揚がなかっただろうかと思った。それでも、話せば話すほど、冷たい言い方になってしまう。「いま出したって明日の朝出したって、集荷は結局同じ時間じゃない。それより、こんな時間に出ていかないでよ。みんなに迷惑かかるんだから」

はあ、とつかさがため息を漏らすと、円は、しゅんと音が聞こえてきそうなほどわかりやすく肩を落とした。

「どうしても今日のうちに出したくなっちゃって……」

つかさの持っている傘よりも一回り小さなサイズの傘が、小さな円の体を冷たい氷から守っている。

つかさは、おそらく靴下までぐっしょりと濡れてしまっているであろう、円の足元を見た。

つかさは、いま自分が、貧しくて、食べるものもなくて、そばに頼れる人もいなくて、それでも戦争は終わらない国の真ん中に立っているのだと思った。その中で、絶望している少女に手を差し伸べているのだと思った。

「……戻るよ、ほら」

つかさがくるりと後ろに向き直って歩き出すと、円は黙ってその後ろをついてきた。しゃく、しゃく、と、水っぽくなった雪が四つの靴の底につぶされる音がする。

他の誰の足音もしない。静かな路上で、つかさはなぜだか、もう何時間もこうして歩き続けているような気持ちになった。

「ごめんね、途中で道もわかんなくなっちゃって」

背後から、円が話しかけてくる。

「郵便局とか、ひさしぶりで迷っちゃった」

へへ、とおまけのように笑う円の声を聞きながら、つかさは、自分の傘にのしかかる雪の重みに負けそうになっていた。

自分は、初めて来た場所でもあまり道に迷ったりすることはない。

どんな映画だって漫画だって小説だって、主人公になるのは、道を覚えられなくてみんなに探されるような子だ。みんなが散々探したあと、けろりとした顔で「ちょうちょを追いかけてたの」と戻ってくるような子だ。

寮の前に着いたころ、ポケットに入れてきた腕時計は八時五十四分を指していた。ほっとしながら、つかさは後ろを振り返る。

「……どうしたの」

少し離れた場所に立っている円は、雪の中で泣いていた。

やめてくれ。

つかさは、突発的にそう思った。

「あ、ごめん、なんか」

やめてくれ、話さないでくれ、何も言わないでくれ、そんな物語のようなことをこれ以上しないでくれ。つかさが何度もそう願ったときには、もう、遅かった。

「昔、こうやって、お父さんとお母さんの後ろ歩いたことあるなあって」

円はそう言うと、コートの袖に包まれた手の甲で右から順番に目をぬぐった。その手には、白い封筒が握られている。

あれはきっと、父親への手紙だ。

「ちっさなとき、まだみんなで一緒に住んでたとき、お父さんをこうやって見上げながら歩いてたなあって、いきなり思い出しちゃって」

泣きながら笑う円の姿はとてもけなげでかわいくて、つかさは吐きそうなほど気持ちが悪くなった。

「私、昔は体が弱かったから、ずっと家で、お父さんお母さんといたの」だから、と、円は白い息を吐いて言った。「だから羨ましい」

遠くの方にある曲がり角から、一台の車がこちらに向かってくるのが見えた。

「つかさは、体もじょうぶで、背も高くて、友達もいっぱいいて、キラキラしてて、同期の中でもエースで……羨ましい」

　車のライトが、少しずつこちらに近づいてくる。

「私がつかさみたいだったら、お父さんもずっとそばにいてくれたのかもしれない」

　確かに、同級生はつかさの姿を見る。歌でもバレエでも正解を出すことができるつかさのことを見る。けれど講師は違う。講師は、ハラハラしながら、それでもとても楽しそうな表情で、円の姿を見ている。次にどんな動きをするのかわからない、危なっかしさでいっぱいの円の演技を、講師たちは食い入るように見つめている。

「私ね、お父さんに見てもらうために、舞台に立ちたいの」

　すぐそばにまで来た車のライトが、背後から円の姿を照らした。

「つかさは、なんのために舞台に立ちたいの？」

光が、一瞬、円の姿をまるごと呑み込んだ。

「やめてよ」

声に出ていた。溶けかけた雪を、車のタイヤが踏みつぶしていく。氷水が弾ける音が、つかさの呟きをかき消していった。

衝動のように思う。

私にはどうしていじめや病気を乗り越えた過去がないのだろう。

私にはどうして幼いころ離れ離れになった父親がいないのだろう。

私にはどうして説得力を上乗せするだけの物語がないのだろう。

さまざまなものを積み重ねる前にどうして、表舞台に出ることを選んでしまったのだろう。けれど、もう、引き下がることはできない。

円の小さな手の中で、封筒の白がつぶれている。

作らなければならない。自分も、せめて舞台に立つだけの理由になるような、自分だけの物語を作らなければならない。つかさがそう思ったとき、寮の玄関から顔を出した同室の女の子が、「早く！　九時になるよ！」と叫んだ。

5

【NAVERまとめ――沖乃原円・最後の舞台に絶賛の声続々】

待ち合わせ時刻である十九時五十分よりもかなり早く、目的地に着いてしまった。つかさはとりあえずトイレの個室に入る。そして、コートを脱ぐこともせず便座に座ると、はじめからそうすることが決められていたみたいに携帯電話を取り出した。気合いを入れて早く来たと思われたくはない。あと十二、三分はここにいたほうがいいだろう。つかさは手袋を脱ぐと、汗ばんだ指の腹で携帯電話の画面をタップした。

マネージャーからのメールを見直す。住所、電話番号、そして地図まで添付してくれている。ここで間違いない。もうしばらくすればマネージャーもこの建物までやってくるだろう。

指定された時間まではもう少し余裕がある。つかさは事務所が運営する公式ブログの管理画面へとアクセスする。そして、下書きのままずっと保存されている作成中の記事をタップすると、その記事を最初から読み返していく。

はあ、とつかさは息を吐いた。甘い匂いに、脳が浸されていくのが分かる。推敲をくり返した文章は、かなり読みやすくなっている。この記事が公開される日のことを想像すると、下腹部の辺りが少し疼いた。

そのとき突然、トイレの電気が消えた。

センサーが人間の存在を感知するまで腕を動かす。暗闇の中で光る携帯の画面を見ていると、朝、頭までかぶった布団の中で読んだまとめサイトの記事が、ぼんやりと思い出された。

引退を発表した沖乃原円の最後の舞台「ワルツの拍数は合わない」に絶賛の声続々。本人の引退宣言と役柄の置かれた状況が似ていることも話題に。

あのまとめ記事によると、円がいま演じている役は、ある理由から夢をあきらめなければならなくなるらしい。その原因が不治の病なのか不慮の事故なのか、内容を把握する前に、つかさはその画面を閉じた。

ずるい。

すとんと落ちてきた思いをはねのけるように、つかさは便座から立ち上がった。ベルトを外し、厚手のカラーパンツを下ろす。もよおしているわけではないが、こうすれば、体の中にある何か悪いものがすべて流れ出てくれるかもしれないと思った。

あと数分後には、自分は、飛永昌利の前に立っている。つかさは想像する。飛永昌利が連れてきてくれる付加価値。彼が連れてきてくれる余白の上に載せられる物語の量は、円の過去や、振り仮名がついていないと読めないような病名に勝てるのだろうか。


「喜怒哀楽、四パターンのエチュードをしていただきましたが、自分としては、どれが最も演じやすかったですか」

思っていたよりも静かな人だ。机を挟んで向かい合うようにして座っている飛永昌利を見ながら、つかさは冷静にそう思った。

「もともと舞台をやっていたこともあってか、やはり、喜びや怒りという、おおげさに表現できるもののほうが演じやすいみたいです」

四パターンの設定を与えられての即興演技、そのあとに面接。飛永昌利の座る机に置いてあるペットボトルの水は、つかさがスタジオに入ったときにはすでに半分以下になっていた。つかさ以外にもオーディションを受けている人が何人かいるのだろう。

つかさの答えに満足したのかどうかはわからなかったが、飛永昌利は一度、ゆっくりと瞬きをした。

「あなたは不思議な女優ですね」

不思議、という言葉を吸い込んで、つかさの心は少しだけふくらんだ。

「ありがとうございます」

「あなた、沖乃原円さんと同時期に、同じ劇団の同じ組にいたらしいですね」

飛永昌利が出した名前は、ふくらんでいた心がすぐに萎んでしまう魔法のようだった。

「この企画、数年前に一度、ダメになってるんですよ。そのときに声をかけていたのが沖乃原さんだったんです」

つかさは、返事をすることもなく、首を縦に振ることもなく、飛永昌利の話を聞いた。

「私はよく、一緒にお仕事をする俳優さんたちには、昔の話を聞くんです。そうすると、この仕事を始める前の人となりが分かるような気がするんですよね」飛永昌利はそう言うと、水を一口飲んで、続けた。「沖乃原さんは、学校の中では問題児だったと聞きました。門限を破りそうになったり、こっちのほうが似合うからってあなたの衣装を勝手に変えたり……衣装のときは、舞台監督にすごく怒られたとも話していました」

つかさは頭の中でパソコンを立ち上げる。下書き保存されているあのブログ記事をひっぱり出す。

「あなたは、同期の中ではエースと呼ばれ、寮でもリーダー的な存在だったそうですね」

「はい」

円は確かに問題児だった。けれどそれは、歌やダンスが下手という意味の問題児ではなく、お父さんへ手紙を出したいから門限直前に寮を飛び出してしまうような、あくまでもエピソードとして輝くような種類の問題児だった。

つかさは飛永昌利を見つめたまま、その場にまっすぐに立ち続けた。頭の中で、カタカタとキーボードを打ち続ける。

「沖乃原さんの演技を見ていると、彼女が問題児だったということがなんとなくわかるような気がします。本人も自覚がないままに、周囲の人たちを振り回していたんだろうなと想像できます」

椅子に座っている飛永昌利の背後の壁が、一面、鏡になっている。

「あなたの演技を見ていると、あなたが昔からリーダー的な存在で、優等生だったということもよくわかります」

鏡に映る世界を、つかさは見つめる。その世界の真ん中では、実際には身動きひとつない自分がだらしなく立ち尽くしている。

「あなたは、まわりから迷惑をかけられることも、まわりに迷惑をかけることも、あまりなかったのではないですか」

この鏡に映っている世界が、いま、飛永昌利の目に映っている世界そのものなのだとしたら、このオーディションには落ちるだろう。

「その姿のまま舞台に立って人の心を揺さぶろうなんていうのは、少し、ずるい考えではないですか」

つかさは、倒れてしまわないように、足の指に力を込めた。

円の方が、ずるい。

歌や演技、いわゆる表現と呼ばれるものでお金を稼いでも許してもらえるくらいの不幸、世間の大半の人が耐え忍んでいる労働を避けても、誰にも責められないくらいの不幸。そんなものを先天的に得ている円のほうがずるい。いなくなった父に舞台に立つ姿を見てもらいたいだなんて、そんな安い物語で説得力を上乗せしている円の方が圧倒的にずるい。

「沖乃原さんは、あなたが舞台の仕事をしたいと思った理由を、一度だけ聞いたことがあると言っていました。まだ劇団に入って数年のころ、らしいです」

頭の中、キーボードの音は止まない。エンターキーを押す力が、どんどん強くなっていく。

「私にも、あなたがこの仕事を志した理由、話してくれませんか」

理由。

あのドキュメンタリー番組の中で円が特にフォーカスされていた理由。舞踊学校に入学した理由。円が芸能界を引退する理由。理由。みんな、生まれたものの背景に物語を求める。そこに物語がないと、その結果生まれたものに深みなんて伴うはずがないという目で、貪欲に物語を求めてくる。

だから、嘘をついた。つかさは、乾ききった口の中を舌で舐めた。

「緊張してる？」

桜木麗の言葉に、円が「いえっ全くっ」と肩を跳ねさせながら答えた。すごい緊張してるじゃんー、と笑いながらペットボトルの水を飲む桜木麗は、つかさが想像していたよりも小さかった。

「私、麗さんの歌と踊りのファンで、すっごく今日も楽しみにしてて……」

上ずった声で話し続ける円は、すぐに、「ねっ」とつかさに助けを求めてきた。咄嗟に上手な対応ができず、つかさは思わず下を向いてしまう。

日本舞踊学校を擁する大劇団には、定期的に発行される雑誌がある。ファンはその雑誌から様々な情報を得ているらしく、劇団にとっても、ファンにとっても、それらはかなり大切なものらしい。

雑誌の中に、新人が、退団した先輩へインタビューをするというページがある。出てくる先輩はみな、トップスターやトップ娘役を務めたことのある人ばかりで、このページのインタビュアーに選ばれることは歳の若い生徒たちにとってはある種のステータスとなっていた。

「今日はこの期のエースと……問題児を連れてきたので」

「ちょっと、問題児ってなんですかー!」

円がスタッフに殴りかかる真似をする。場の空気が和む。

「それじゃあ、写真撮影はインタビュー後ということで。そのほうが表情もやわらいでいいですよね」

三脚を立てているカメラマンを背後に従えた女性が、そう言ってめがねの奥の目を細めた。ライターか何かなのだろうか、手にはノートとペンを持っている。

研究科に進んで三年目のある日、つかさと円は、そのインタビュアーに指名された。入学資格のある最も低い年齢で舞踊学校に入り、片方は背の高い男役、片方は背の小さい娘役、さらに寮では同じ部屋に住んでいたこともあってか、二人がペアで扱われることはこのとき以外にもとても多かった。

インタビュー相手が、一年ほど前に退団した夢組の元トップスター、桜木麗だと知らされたとき、円は子どものように喜んだ。うれしい、うれしい、バレエの先生がこの人の踊り方をお手本にしなさいってよく言ってたの！

「じゃあまず、ちょっと時間もあるし、肩慣らしっていうか、緊張ほぐすためにおしゃべりしよっか」

つかさと円を座らせると、「んーそうだなーインタビューでは私がいろいろ聞かれちゃうわけでしょう」と、桜木麗はわざとらしく目線を上に向けた。

「じゃあ、舞踊学校を受けようと思ったきっかけ！　これいいんじゃない？」

桜木麗に続いて、めがねをかけた女性もつかさたちの向かいの席に座った。そしてその女性は、トランシーバーのような形のレコーダーをそっと机の中心に滑らせた。

この中に声が録音される。つかさはそう悟った。

「あ、あなたのきっかけは知ってるけどね」

突然、桜木麗が円のほうを見てパッと目を見開いた。

「ドキュメンタリーに出てたよね？　四、五年前だっけ？　お父さんに舞台を観てほしいって言ってたの覚えてる」

「えっ、あれ観てくださってたんですか？」

円は、「どうしよう、うれしい」と目を潤ませると、つかさの手を取りぶんぶん振り回した。喜びを共有してほしいのだろう。

「舞踊学校受験生のドキュメンタリーなんて今までそんなになかったし、あれ観てる先輩けっこういると思うよ」

「えーっ、えーっ」

何を言っても子どものように喜ぶ円を、桜木麗はやさしい表情で見つめている。前を見ると、めがねをかけた女性ライターも同じような表情で円のことを見ていた。

この人たちはもう、円の向こう側に、勝手に物語をつくっている。つかさは、レコーダーの電源ボタンのすぐ近くにある赤い光を見ながら思った。

録音された音源を聴きながら、このライターはまた、円の物語を思い出すだろう。そうして彼女の物語は何重にも上塗りをされていくのだ。

「じゃあ、いまはあなたの話を聞こうかな」

桜木麗は、にこっと笑って、つかさのことを見た。突然のことだったので、つかさは「私の話……」とつぶやくことしかできなかった。

「そ、あなたの話。この子の話はもう知ってるからさ」

「私そういえば、二年も同じ部屋に住んでたのにそういうの聞いたことないかも！」

はしゃぐ円が、握りしめていたつかさのてのひらをパッと離した。

「あなたは、どうして舞台に立ちたいって思ったの？」

いじめられたことも、大きな病気をしたこともない。両親はどちらも健康で、つかさのことを一番に応援してくれている。勉強だってよくできたし、クラスの委員長を務めたことも一回や二回ではない。

「……私は、すごく小さなころの話になるんですけど」

ただいいな、と思っただけなのだ。やってみたかっただけなのだ。

「昔、剛大、っていう友達がいて」

つるりと口からこぼれ出たのは、最近読んだ少女マンガに出てきた男の子の名前だった。

「親同士が仲良しだったから、子どものころからずっと一緒に遊んでたんですけど」

うんうんと大袈裟にうなずく円が視界に入るたび、つかさの口はよく動いた。

円のようなわかりやすい不幸ではないけれど、どこか感覚的で、表現者になるべき人の原点を感じさせるような幼少期のエピソード。だからこの人の表現は深いんだ、と思われるような、不思議な説得力を纏った物語。

嘘でもいいから、そんな物語を与えなければ。

「あるとき、一緒に体操教室に行って、それで」

口を動かすのと同じスピードで生まれていく偽物の物語に呑み込まれないようにしながら、つかさは、レコーダーの電源ランプを見た。この音源を聴き返すあの人は、私のありもしない物語を、一体どれだけ想像してくれるだろうか。

6

会議室の机には、A4サイズの企画書が三つ、並べられている。

「これはもう決定のものですよね」

机を挟んで向かいに座っているマネージャーが、一番右の企画書をつかさのほうへと押し出した。前から出演することを決めている、来春の舞台の企画書だ。深夜のバラエティ番組から派生した、男性アイドルが集結した舞台ということで、ネットでは割と話題になっているらしい。というか、ネットでしか話題になっていない。

「あと二つ、話がきています。前にちょっと相談させていただいたものですが、一応もう一度読んでみてください。飛永さんの話が飛んだので、スケジュールは比較的組みやすくなるかと」

飛永さんの舞台の話、いったん白紙になるそうです。

昨日の夜公演が終わったあとの楽屋で、マネージャーはそう切り出してきた。衣装を脱ぎ、舞台用のメイクを落とし、私服に着替えたあとだったので、つかさはむきだしの自分のままその事実を受け止めなくてはならなかった。「この企画、白紙になるの二度目なんですって。つかささんがどうのって話ではなくて、全キャスト、脚本も含めてまた振り出しに戻るそうです。こだわりが強い人だって聞いてましたけど、ここまでとはって感じですよね」楽屋を片付けながらそう話すマネージャーは、軽い口ぶりとは裏腹に、つかさとほとんど目を合わせなかった。「とりあえず、この先のスケジュールについて、いま来ている企画書や台本を見ながら検討したいです。あした、夜公演の前に事務所で打ち合わせしませんか」

二つ並べられた企画書の文字を、視線だけで追う。どちらも、小さな箱でやる舞台だ。クレジットに、有名な俳優もスタッフもいない。海闊劇場や東京大都会座など、客席が千を超えるような舞台に立てる機会は年々減ってきている。

「……こっちはどんなのだっけ」

つかさは、二つのうち向かって右側の企画書を指さして言った。四、五年ほど前にレコード大賞の新人賞を獲ったアイドル歌手が主演のミュージカル、場所はアートシアター新宿。最近できた、キャパが二百席ほどの小さな劇場だ。

「こっちはあれですね、規模自体はそんなに大きくないんですけど、内容はいいと聞いています。でも、まだ脚本があがってないらしくて……あっ」

タブレットの画面から、マネージャーがパッと顔を上げた。

「奇跡。このタイミングで脚本届きました。第七稿ですって、キャストにおろす前にけっこう練ってたんですね」

印刷してきます、と、席を立つと、マネージャーは会議室から出て行った。バタン、と、強くドアが閉められる。真っ白い直方体の中にこうしてひとりだけ残されると、なにかの実験台になっているような気がしてしまう。

あのブログ記事を公開してしまおうか。

ふ、と芽生えた甘い予感が、狭い会議室の中をあっという間に満たした。

いまあの文章を公開してしまえば、円ほどの物語がなくとも、それなりに名残を惜しんでもらえるはずだ。ファミリアもまだそこそこの人数が残っているし、飛永昌利のような演出家から声をかけてもらえることもある。いまなら、円の引退とあわせて、大きく取り上げてもらえるかもしれない。

興奮した気持ちを抑えようと、つかさはマネージャーが出してくれたお茶に手を伸ばした。二枚重ねられた紙コップの口から、白い湯気が立ち上っている。

マネージャーは、熱いお茶を出すときはいつも、こうして紙コップを二枚重ねてくれる。たまに、こんな自分にそこまでのやさしさを施してくれる存在に、泣いてすがりたくなるような一瞬がある。

そのとき、ガチャ、と、ドアが開く音がした。

「……あれっ」

顔を出したのは、円だった。

「あれ？　間違えた？　この部屋じゃないのかな」

首元と袖口にファーのついたコートを脱ぎながら、円は部屋の中をきょろきょろと見回した。どう見てもつかさ以外の人間はいないのに、そこからなかなか立ち去ろうとしない。

「ここ、打ち合わせで使ってるから」

つかさは、できるだけ声に抑揚をつけずに言った。お茶の入った紙コップの位置を整えたりするついでに、テーブルに拡げられていた企画書をすべて裏返す。円はまだ、会議室の中と外を見比べてきょろきょろとしている。

円に会うことがあったら何を話そうか。それくらいのことは繰り返し繰り返し考えていたはずなのに、いざこうして本人を目の前にすると何の言葉も出てこない。自分がいかに、円と会うことを現実的に考えていなかったのか、つかさは思い知った。

円は、少しだけ開いたドアのそばに立ったままでいる。腕に力を入れたのか、胸の辺りで抱えているコートに、ぎゅっと皺が寄った。

どちらも話さない時間の中で、紙コップの中に浮かぶお茶の葉のかけらだけが揺れている。

「……なんかいろいろ手続きってのがあるんだね、事務所やめるときって」ややあって、円が髪の毛を右耳にかけながら話し始めた。「そういうのなんかよくわかんない、マネージャーから聞いた注意とか全部忘れちゃったし」

円は背が小さい。円は髪と目の色が薄い。円は手首が特に細い。退団してから頻繁に会うことはなくなったけれど、つかさの知っているままの円がそこにいた。

「久しぶりだね、なんか」

そう言うと、円は、ついに会議室に一歩足を踏み入れ、ドアを閉めた。

そして、申し訳なさそうに眉を下げると、ぽつりと呟いた。

「ずるいよね、病気で引退とか」

円の声が、会議室に小さく響く。

「私、全部ずるかったよね、今まで」

つかさは、頭の頂に熱の塊が宿ったような気がした。

「テレビでお父さんの話したり、学校時代は問題児でしたとか、そういうの。それで病気で引退ってさ、なんか、どれだけずるい人間だろうって自分でも思う」

ずるいことに自覚的なんて、それが一番ずるい。言葉にできない言葉だけが、その熱の中でぼこぼこと生まれていく。

「同期とか先輩がね、ブログとかツイッターで書いてくれるの。お疲れ様でしたとか、素敵な演技をありがとうとか、そういうよくわかんない言葉。メールや電話じゃなくて、ブログとかツイッターとか、ワイドショーに取り上げられるようなイベント後の囲み取材とか……そういうところで私に感謝の気持ちとか言うの」

円が閉めたドアの向こうで、人々が働いている音がする。

「でも、つかさだけはなかったよね、そういうの。メールも電話もなかったけど、それ以外もなかった」

頭のてっぺんで生まれた熱が、体の中へとくだっていく。

「見抜かれてる気がした。私の中のずるさとか、そういうの全部」

ゆらゆら揺れていたお茶の葉のかけらが、紙コップの底に辿り着いた。

「私、すごく覚えてる。門限ぎりぎりなのに、お父さんに手紙出しに行ったとき」

雪降ってたよね、と、円は少しだけ笑った。

「つかさ、お父さんのこと思い出して泣いてる私のこと、すごく冷めた目で見てた。何してんだろこの子って顔してた。他の人はね、わりと、お父さんへの愛があふれて思わず寮を飛び出したかわいそうな少女っていう目で見てくれたんだよ、私のこと」

あとね、と、円は話し続ける。

「夢組に入ってさ、突然先輩の休演が決まった日があったじゃない。私が、つかさの衣装に勝手に黄色いストール加えたとき」

「あったっけ、そんなこと」

つかさの言葉を気にすることもなく、円は言った。

「あれ、ほんとはね、あのストールが自分に似合わない気がしたからつかさに押し付けただけだったの。でも、こっちのほうがつかさには似合うと思ったからって、周りには言ってた。そんなの、感情先行型で、いかにもマンガの主人公っぽいじゃない？」

円はここで、自虐的に笑った。

「あのとき、つかさ、ちょっと怒った顔してたよね。気づいてたんだよね、私のずるさに」

ち、ち、と、時計の秒針が動く。マネージャーはまだ戻ってこない。

「ごめんね」

つかさは思う。

「ずっと、私のほうがずるくて」

円は、どう考えても、ずるいことに無自覚でいてくれなければいけなかった。

「夜、舞台でしょ？　トークショーもあるって聞いたよ」

誰もが欲しい物語を背負えている円は、それに無自覚でありながら、その物語を振りかざしていてくれなければいけなかった。そのうえで、そうはなれない者たちに、憎ませてくれなければいけなかった。

「がんばってね」

円はちらりと、つかさの目を見た。

「……ごめんね」

円がそう言ったとき、外側からドアが開いた。「あっ、すみません！」開けたドアを円にぶつけてしまったマネージャーが、胸元に抱えていたらしき脚本の束をばさばさと落とした。

「つかさ様！」

出入り口を開けた途端、高い声が飛んできた。

「みんな、今日はありがとう」

つかさが声をかけると、騒がしかったファミリアたちはあっという間に静かになる。

「みんなの黄色い服、いつもよく目立ってて、ほんとに嬉しい。いつもありがとね」

つかさは会釈をする。四列に並んでいるファミリアがわっと声をあげる。トークショーがある上演回などはこうして、ファミリアと呼ばれるファンの人たちがおそろいの服を着てくることが多い。

その日の出来不出来に関係なく、ファミリアはこうして両手を広げてつかさのことを出迎えてくれる。それに励まされるときもあれば、どこかよくわからない場所へ突き落とされるような気持ちになるときもある。

つかさは、出入り口に近いところにいるファミリアから順番に、手紙の受け取りを始めた。今日のような日は、こうしてひとりひとりから手紙を受け取ることが多い。「ありがとう、トークショーまでありがとうね」こうしてファンの前に立つと、もう私服に着替えたあとなのに、つい、舞台の上にいるときと同じような口調になってしまう。「ありがとう、え、この感想、終わったあとすぐ書いてくれたの？」一度受け取った手紙やプレゼントは、ある程度たまったところでマネージャーが持っている大きな袋へと移す。

今日は、いままでで一番と言っていいほど、出来の悪い舞台だった。劇団にいたころだったら、舞台監督からこっぴどく怒られていたはずだ。

ありがとう、ありがとう、と微笑みながら、つかさはファミリアの人数を目算する。前回トークショーをしたときと比べても、来てくれているファンの数は大きく減っているわけではなさそうだ。「ありがとう、トークショーも楽しんでくれた？」どんな出来の舞台のあとでも、ファンの数が増えていても減っていても、みな、よかったです、よかったです、と繰り返してくれる。

一体何がよかったのだろう。あんなにもひどい演技をしてしまったのに。

つかさは、ずっとずっと書き溜めているあの文章をころんと目の前に転がしてみたいと思った。この人たちはどんな風になるのだろうか。ぞくぞくする感覚に身を震わせたとき、あるひとりの女性がつかさの目に留まった。

みんながお揃いの黄色い服を着ている中で、ひとりだけ、そうではない人がいる。

特定の誰かの声援にだけ応えるということは、あるファンを特別扱いすることだ。ファンと関わる上でやってはいけないことくらい、つかさはよくわかっている。

それでも思わず、つかさは声をかけてしまった。

「あ、あなた」

長身にショートカットがよく似合うその女性は、どこか自分に似ているような気がしたうえに、見覚えのあるものを首に巻いていた。

「……そのストール」

つかさは、声が震えないように気を付ける。

「よく、似合ってるわね」

きゃあっ、と、その女性の隣にいた人が高い声を出した。

「服着てなかったから、逆に目立ってたかも、あなた」

つかさは、いつもの「香北つかさ」を壊さないように、口元に手を当ててくすりと笑った。その女性の周りのファミリアたちが、きゃあきゃあと好き勝手に盛り上がり始める。

動揺してはいけない。そう思いながらも、つかさは黄色いストールから目を離すことができない。

「今日、すごくよかったです」

その女性が言う。つかさは、すごくよかったわけがない事実をきちんと噛みしめながら、「ありがとう」と頷く。

長身、ショートカットの髪の毛、黄色いストール。まるで、あのころの自分がそこに立っているかのようだ。

「あの」

歩き出そうとしたつかさを、その女性が呼び止めた。

「レモンイエローのストール、昔、されてましたよね」

「え？」

思わず、間の抜けた声が出た。

「昔、何かの番組で見ました。スターの若きころ、みたいな番組だったと思うんですけど……そのときに使われてた映像でだけ、こんな感じの黄色いストールしてて。それがすごく似合ってたので、覚えてるんです」

その女性は、他のファミリアと違って、やたらと声を高くすることも、恐縮するように上体を前に傾けることもせずそう言った。あいまいだった記憶を掘り起こそうとする彼女を、ファミリアの幹部の人たちが睨むように見つめている。これ以上個人的に言葉を交わすと、あとでこの子が幹部に怒られるのかもしれない。

「……ありがとう」

つかさは、特別な意味を見出されないように自然に微笑むと、また、列をめぐり始めた。右側からは手紙が、左側からはプレゼントが渡される。

「すごいね、アキ、つかさ様に覚えてもらったんじゃない？」

背後からファミリアの声が聞こえる。つかさは目を閉じる。

――ごめんね。ずっと、私のほうがずるくて。

頭の中で円の声が聞こえる。真っ暗な視界の中で、夢組に入って間もないころの円が、つかさの首に黄色いストールをかけてくれる。

その日、ある先輩の休演が発表されたのは、夢組の公演が始まる二時間前だった。

「代役表！　どこ？」

「私、衣装部屋行ってきます！」

休演が確定すると、楽屋は途端に慌ただしくなる。もちろん、出演者のうちの誰かが急病などで倒れることを見越して全ての役には代役が決められているのだが、夢組に入団してまだ一年も経っていないつかさと円にとって、実際に休演が出たのはこのときが初めてだった。

「芝居はいいとして」つかさは、いつも持ち歩いている代役表のコピーを見ながら、自分を落ち着かせるようにして言った。「ショー、ショーのほうが危ない」

芝居とショーの二部構成で行われる公演は、代役が出たときの対応がそれぞれ異なる。芝居は一本通しての代役が決められているのでそこまでがらりと変わることはないが、ショーは、シーンごとに代役が決められている。そのため、この場面の代役はこの人、その代役はこの人、別の場面の代役はこの人、その代役はこの人、というように、「代役」の存在がねずみ算のように増えていくのだ。

「あ、私、ショーのほうで代役引っかかる」

一緒に代役表を見ていた円が、まるでセリフを読むように言った。

公演の本番中、年次の若い生徒には「お手伝い」という仕事がある。それぞれ担当の先輩が決まっており、その人の早変わりの衣装替えなどを手伝うのだ。先輩が、上手、下手どちらから入るのか、そしてはけるのか、場面ごとにそのすべてを覚えておき、ブラシや手鏡などそのタイミングで必要なアイテムを揃えておかなければならない。自分の出番を全うしつつお手伝いをこなすというのは、慣れないうちはとても大変な作業だ。

その中で、さらに代役をこなす。想像しただけで、つかさは、自分の足元が抜け落ちるような不安を抱いた。

「つかさ」

代役表を見ていた円が、ふ、とつかさの目を見た。

「代役のスライドで、四曲目のペアダンス、私と踊ることになる。そのポジションの振り、いま写して」

休演の代役、代役の代役、その代役の代役、というように、ポジションはひとつずつずれていく。その中で、自分自身はそこに巻き込まれることはなくとも、ペアダンスの相手が変わるということが起こる。

「時間ないよね。ごめん、十分で覚えるから」

円はそう言うと、ストレッチをすることもなくその場に立ち上がった。

「……ペアダンスだから、私と左右逆って覚えて」

つかさも思わず立ち上がると、円は「わかった」と頷いた。

ショーの四曲目は、男役と娘役がペアになってダンスをする曲目だった。恋人同士という設定で、冷たい態度をとる娘役に男役が求愛するというストーリーが振り付けに反映されている。講師には、振りの正確さはもちろんのこと、ストーリーをお客様に伝える感情表現が大切、と散々言われている。踊れば踊るほど味が出てくる曲目なので何度も練習しなさい、とも、言われている。

一通り振りを写したところで、円が「オッケー」とつぶやいた。他にも対応しなければならないことは山ほどある。この曲目だけに時間をかけてはいられない。

「円、大丈夫？」

具体的に手助けできることが見つからず、つかさはそう声をかけるしかなかった。代役により自分のポジションが変わらないことへの安心感と、円が抱いているであろう不安への共感。どちらが大きいかといったら、前者だった。

「どうにかする。フォローよろしくね。ちょっと、他に関わることになる人たちのところ、挨拶行ってくる」

円は「あ、これありがと」と代役表をつかさに返すと、慌ただしく楽屋から出て行った。つかさはその後ろ姿を見ながら、冷静に思った。

この曲目は、さっきのほんの少しの振り写しだけで、どうにかなるようなものではない。基礎レベルを超えたステップが多く含まれているし、ステージできちんと場当たりもしていない。隊形の移動など、普段から注目して見ていない限りついてこられないはずだ。

そして、何より、この曲が表現しているのは男女の幸せな恋愛だ。

つかさは、昂《たか》ぶる鼓動をてのひらで抑える。

円の物語による説得力は、悲しみを表現するときにしか通用しない。

公演が始まってしまえば、自分の出番と担当の先輩へのお手伝いで精いっぱいになる。舞台の上と裏を右往左往しているうちに、あっという間に二部のショーが始まってしまった。

四曲目は、まず娘役だけが踊るところからはじまる。途中から男役が混ざり、ペアダンスをし、最後は男役だけで踊るという構成になっている。

照明の色が変わり、曲が流れ始めた。すると、いつもと違うポジションにいる円が、パッと脚を挙げた。

円は、そのポジションで踊るのは今日がはじめてだなんて全く思わせない様子で、娘役のパートを踊っている。すごい度胸だな、と、つかさは冷静に思った。あとツーエイトで男役のチームが舞台に出る。ペアダンスの場面になると、隊形の移動がより多くなるため、これまでのようにただ振り付けをこなすだけではいけない。

「ファイブ、シックス、セブン、エイ」

先輩のカウントに合わせてつかさは舞台へと出て行った。かかとをあげると、ふくらはぎの筋肉がパンと張った。

舞台に現れた男役のつかさを、娘役の円がしなやかな動きで迎え入れてくれる。男役に導かれるようにくるくると隊形を変えていく娘役の中に、円はやはり見事に溶け込んでいた。求愛する男役を、娘役が華麗にあしらう。円のいたずらっぽい表情が、つかさの目にはまるで本物のお姫さまのように見えた。

円が、きちんと踊れている。もしかしたら、ずっとこのポジションで踊っている自分よりも。

そう思ってしまったとき、つかさは、体中の運動神経がすべて千切れたような感覚に襲われた。

振り付けが飛んだ。つかさは悟った。右、左、この次どう動けばいいのか。体が動く順番を考えた瞬間に、体の動きは遅れている。

そのとき、つかさの視界が黄色く染まった。円が、自分の首元から外した黄色いストールを、つかさの姿を覆い隠すようにひらめかせている。

「落ち着いて。つぎ、右向きにターン」

耳元で円の声がした。つかさは、言われるがままに右向きに体を回した。

このあとの四カウントは、男役の求愛が実り、娘役がドレスの胸の部分に挿していたバラの花を男役に渡すという演出の部分だ。つかさは慌てて、まわりの男役に倣い手を伸ばした。

だが、円はバラを手に取らなかった。広げた黄色いストールをふわりとまとめると、そっと、つかさの首に巻いた。

そのとき、わっ、と、前列のほうのお客さんの顔が華やいだのがわかった。

公演が終わったあと、つかさと円は舞台監督の女性に呼び出された。どうして衣装のストールをほどいたのか、どうしてバラではなくそのほどいたストールを男役に渡したのか。追及は止まらなかった。黒いスーツのような男役の衣装に黄色いストールはとても目立った。

「衣装を変えるようなことをしてしまったことは本当に申し訳なく思っています。でも、私、似合うかなって思っちゃったんです、つかさはすっきりした顔だちだから、黒とかより、こういう色のほうが似合うかもしれないって」

悪びれることもなくそう言う円に対し、舞台監督は半ばあきれ顔で「演出のほうに問題があったって言いたいのね、あんたは」と背を向けた。その瞬間、舞台監督の口元が少し緩んだことを、つかさは見逃さなかった。

ほんと問題児なんだから。

歯ごたえのある子ね。

あんな子はじめてだわ。

ドラマや漫画でしか聞いたことのないような台詞の幻聴が、次々とつかさの両耳を襲った。

去っていく舞台監督の後ろ姿が見えなくなったころ、つかさのほうに振り返った円は小さくピースサインをした。

「セーフ」

つかさは、足の指をぎゅっと折り曲げ、なんとかその場に立ち続けた。

どうしてこの子だけいつも、その場の主人公になってしまうのだろう。

そして、どうしてこの子は、うさんくさい物語も、本物の実力も、そのどちらをも兼ね備えているのだろう。

きちんと努力をしているならば、それだけにとどめていてほしい。つくりものみたいに安い物語を背負われると、たちまち、あなたのことを嫌わなくてはならなくなる。

つかさはどうにかその場に立ち続ける。

円のことをずるいと腐すためには、円は悲しみの演技でしか力を発揮してはいけなかった。辛い過去や不幸な生い立ちが説得力を持つような表現でしか、秀でてはいけなかった。愛や幸せに満ちた表現まで胸に響くならば、それはもう、紛れもなく、円の努力と実力なのだ。

つかさは思った。

たとえ、自分自身にどんな物語があったとしても、きっと円には勝てなかった。

ならば、もう、潔《いさぎよ》く決断をしよう、と思いました。

勝つ術がないのなら、この仕事をもうやめよう、と思い、このブログを書いています。

本文入力フォームのすぐ下にある、「下書き保存」というボタンをゆっくりとクリックする。三十五歳を超えたころ、もう善し悪しの判断も自分でできるだろうということで事務所によるブログの検閲がなくなった。つまり、「下書き保存」の一センチ左にある「送信」をクリックするだけで、この記事を公にすることができるということだ。

毎日、毎日ていねいに書き進めてきたブログの記事は、ついに完成しようとしていた。舞踊学校に入学する前、円のドキュメンタリー番組を母と観たこと、寮の門限ぎりぎりに円を迎えに行った雪の夜のこと、黄色いストールを首に巻かれた日のこと、思わず嘘の物語を話してしまったあのインタビューの日のこと、生まれてから今日この日までのすべてのこと。

あえてシンプルにした「芸能界引退の御報告」というタイトルと、落ち着いたあいさつから始まる本文。展開が豊富なので、あえて抑揚をつけなかった文章。

円が芸能界を引退すると知ったその日から、つかさは自分の引退宣言の文章をていねいにていねいに書き進めてきた。

結婚でもない、不祥事でもない、病気でもない。ライバルに負けを認めて引退するだなんて、なけなしの、だけどこれ以上ないほど強力な物語だ。

パソコンに向かっていないときでも、つかさの頭の中ではキーボードがカタカタと音を鳴らした。初めて手に入るかもしれない強大な物語は、いたるところでつかさの背中を支えてくれた。マウスが、机の上に無造作に置かれていたA4用紙に当たる。結局どちらを受けるか決められず持ち帰ってきた企画書は、一度も読み直していない。

落ち目のアイドルが主演のミュージカル、客席が三百にも満たない劇場での仕事。突然ブログにアップされる、美しい文章の引退宣言、そこで明かされるライバルへの思い。どちらに魅力的な物語が秘められているかなんて、誰の目にも明らかだ。つかさは、企画書を脇に避け、さらにマウスを動かす。最新のいくつかの記事のコメント数を確認しようと、トップページへと移動する。

芸能界引退の御報告。いま書いている記事のタイトルがここに現れたときの衝撃を改めて想像する。どれほど驚かれるだろうか。ファンは何度読み返すだろうか。一体どれくらいのコメントがつくのだろうか。出待ちをするような人たちが全員コメントをしてくれたところで百は超さないかもしれないが、ネットニュースにでもなれば話は変わってくるはずだ。

トップページへアクセスするための数秒間、パソコンの画面が真っ白に塗り替えられる。そのとき、携帯電話の画面が明るくなった。

マネージャーの名前が、白く光っている。

【つかささん】

電話に出ると、すぐに、聞き慣れたマネージャーの声がした。

【もしもし、いま少しいいですか】

「……大丈夫だけど」

つかさは椅子をくるりと回転させ、デスクに背を向けた。マネージャーの声を聞いてしまうと、パソコンの画面を直視できなくなる気がした。

【つかささんが心配することでは全然ないんですけれども】マネージャーは声を少しやわらかくすると、ニュースを読むアナウンサーのように落ち着いて言った。【ブログのアカウントが何者かに乗っ取られたようです】

「えっ？」

ブログ、という言葉がマネージャーの口から出てきたことの驚きで、つかさは思わず携帯電話をぎゅっと握り直した。

【ブログ管理会社のシステムがやられてしまったみたいで……事務所に拘わらず、いろんな方のブログに捏造された記事がアップされてしまっています。もうネットニュースにもなっているので、そのブログを読んだ一般の方々も真に受けてはいないと思いますが】

つかさは、ゆっくりとデスクに向き直る。

【もしかしたらもうご覧になっているかもしれませんが、すぐに対処しますので気にしないでください】

更新されたブログのトップページには、こんな文字が構えていた。

芸能界引退の御報告。

どん、と、背後にいる誰かに体を押されたような気がした。

拝啓　皆様、ますますご清栄のこととお慶び申し上げます。さて、私は×月×日をもちまして、現在所属している事務所との契約を解除させていただきました。いつも、いつでも応援してくださっていたファンの皆様、そして長い間苦楽をともにしてきた事務所のスタッフの方々……まず、私に関わってくださった皆様に感謝の気持ちを申し上げます。本当に、本当にありがとうございました。さて、引退の理由については深く語るつもりはありません。

私、いま、読み飛ばした。

【内容を否定するようなコメントなども書かなくて大丈夫ですので】

つかさは、どこか高いところから落下するように、まっすぐにそう思った。

【つかささんは特に何もせずで大丈夫です。ただ、システムの確認が終わるまでは新しい記事をアップすることはできなくなります】

私でさえ、読み飛ばした。自分のブログに載っている、自分の記事なのに。

【ツイッターとインスタグラムは大丈夫ですが、とりあえず何もしないでください】

だらだらと長い引退宣言をきちんと細部まで読む人なんて、いない。展開とは裏腹に抑揚を抑えた文章なんて、どうでもいい。

【復旧の目途がついたらまたご連絡いたしますので、それまでは待機ということでよろしくお願いします】

どうでもいいのだ。

そのごまかしようのない事実に、つかさはどうしても逆らうことができなかった。

どうでもいいのだ、その人自身ではなく、その人のまわりに漂うものなど。

そこから勝手に読み取られる何かは、勝手に読み取られる何か以上のものには、どうしたって生まれ変わらない。

【……もしもし？　つかささん？】

ねえ、と、マネージャーの声と声のあいだに割って入るようにして、つかさはやっと声を出すことができた。

「やめないよ、私」

自分の声が、自分の耳の中に入ってくる。そうか、私にはこの仕事をやめるつもりなんてないんだ、と、他人事のようにつかさは思った。

【そんなことわかってますよ、どうしたんですか】

「やめない」

やめない。もう一度言うと、つかさはマウスを動かした。

「私、この仕事を始めた理由とか、特にないの」

【え？　なんですか？】

つかさは、下書きの状態で保存されている文章の最後にカーソルを合わせる。

「新体操の教室で、体もやわらかいし動きもいいって言われてて、なんとなくいけるかなと思って試験受けただけ」

そして、右手の中指をバックスペースキーに添えた。

「友達にいじめられてたわけでもないし、学校では女子だけどかっこいいなんてちやほやされてたくらいだし、つらいときに演劇に助けられたなんて記憶も別にない。劇団入ってからも、特に大きな挫折もなかったし、親の離婚とか身近な人の死とかそういう不幸なこともない。そりゃこれからいろいろあるかもしれないけど、今は本当に、なんにもないの、私の背景にはなんにも」

中指に、ぐっと、力を込める。

【つかささん?】

あんなにも丁寧に積み重ねていった文字が、あっという間に消えていく。

だけどそれは、正義のヒーローが放つビームのようなものに、邪悪なものたちが押し退けられている映像にも見えた。

「自分について語るときなんて、全部、あとづけ。作品についてのインタビューも、この仕事をはじめたきっかけなんてものも、全部全部あとから考えたものばっかり」

この人はこんな仕事をしているのだから、こんな物語を背負っているはずだ。こんなものを生んだからには、この余白にはこんな言葉が当てはまるはずだ。こんな背景から生まれたものだから、美しいのだ。

これは呪いだ。

だけど、美しくも見える呪いだから、自覚的にならない限り、いつまでも解けることがない。

「私には、身を削って表現するべきものなんて、なんっにもない」

【つかささん？　どうしたんですか？】

マネージャーが、名前を呼び続けてくれている。

「でも、それでも、続けていいよね？」

つかさは、中指にさらに力を込める。

「特別な物語なんてなくても、それでも」

書き溜めていた文章が、右側から白く塗り潰されていく。呪いが解けていく。きっと私は、本当にこの世界を引退することになるときでさえ、そこに特別な理由はない。物語なんてどこにもない。

だけどそれでいい。

その人の背景や、余白や、物語は、それ以上のものにはなり得ない。それ以上のものになり得るように見えるときもあるけれど、決して、なり得てはいない。そのときそのときに出会ったものを積み重ね、吐き出して生きている私たちにとって、そのときそのときに想像されたかもしれない物語なんてどうでもいいのだ。そこにあるのは、そのときのその人自身、それだけだ。

【とりあえず一回切りますね】

逃げるような言葉を残して、マネージャーは電話を切った。つかさ以上に丁寧な対応をしなければならない人がたくさんいるのだろう。

カーソルがいつの間にか、本文入力フォームの左上に辿《たど》り着いている。

もう消すべき文字はない。けれど、つかさはそのまましばらく、バックスペースキーを押し続けていた。物語になり得るものすべてを、真っ白く塗り替えられるまで。

本書は二〇一四年三月に小社より刊行されました。

|著者|朝井リョウ　1989年5月生まれ、岐阜県出身。2009年『桐島、部活やめるってよ』で第22回小説すばる新人賞を受賞し、デビュー。2012年に同作が映画化され、注目を集める。2013年『何者』で、戦後最年少で第148回直木賞を受賞。同年『世界地図の下書き』で第29回坪田譲治文学賞を受賞。他の著作に『もういちど生まれる』『少女は卒業しない』『武道館』『世にも奇妙な君物語』『何様』などがある。

スペードの3

朝井《あさい》リョウ

2017年4月14日第1刷発行
2022年8月2日第5刷発行

発行者――鈴木章一
発行所――株式会社　講談社
東京都文京区音羽2-12-21　〒112-8001
電話　出版（03）5395-3510
　　　販売（03）5395-5817
　　　業務（03）5395-3615

Printed in Japan

講談社文庫
定価はカバーに
表示してあります

KODANSHA

デザイン―菊地信義
本文データ制作―講談社デジタル製作
印刷―――株式会社KPSプロダクツ
製本―――株式会社国宝社

ISBN978-4-06-293613-2

講談社文庫刊行の辞

二十一世紀の到来を目睫に望みながら、われわれはいま、人類史上かつて例を見ない巨大な転換期をむかえようとしている。

世界も、日本も、激動の予兆に対する期待とおののきを内に蔵して、未知の時代に歩み入ろうとしている。このときにあたり、創業の人野間清治の「ナショナル・エデュケイター」への志を現代に甦らせようと意図して、われわれはここに古今の文芸作品はいうまでもなく、ひろく人文・社会・自然の諸科学から東西の名著を網羅する、新しい綜合文庫の発刊を決意した。

激動の転換期はまた断絶の時代である。われわれは戦後二十五年間の出版文化のありかたへの深い反省をこめて、この断絶の時代にあえて人間的な持続を求めようとする。いたずらに浮薄な商業主義のあだ花を追い求めることなく、長期にわたって良書に生命をあたえようとつとめるところにしか、今後の出版文化の真の繁栄はあり得ないと信じるからである。

同時にわれわれはこの綜合文庫の刊行を通じて、人文・社会・自然の諸科学が、結局人間の学にほかならないことを立証しようと願っている。かつて知識とは、「汝自身を知る」ことにつきていた。現代社会の瑣末な情報の氾濫のなかから、力強い知識の源泉を掘り起し、技術文明のただなかに、生きた人間の姿を復活させること。それこそわれわれの切なる希求である。

われわれは権威に盲従せず、俗流に媚びることなく、渾然一体となって日本の「草の根」をかたちづくる若く新しい世代の人々に、心をこめてこの新しい綜合文庫をおくり届けたい。それは知識の泉であるとともに感受性のふるさとであり、もっとも有機的に組織され、社会に開かれた万人のための大学をめざしている。大方の支援と協力を衷心より切望してやまない。

一九七一年七月

野間省一

講談社文庫　目録

五木寛之　旅の幻燈
五木寛之　他　力
五木寛之　こころの天気図
五木寛之　新装版 恋　歌
五木寛之　百寺巡礼 第一巻 奈良
五木寛之　百寺巡礼 第二巻 北陸
五木寛之　百寺巡礼 第三巻 京都Ｉ
五木寛之　百寺巡礼 第四巻 滋賀・東海
五木寛之　百寺巡礼 第五巻 関東・信州
五木寛之　百寺巡礼 第六巻 関西
五木寛之　百寺巡礼 第七巻 東北
五木寛之　百寺巡礼 第八巻 山陰・山陽
五木寛之　百寺巡礼 第九巻 京都II
五木寛之　百寺巡礼 第十巻 四国・九州
五木寛之　海外版 百寺巡礼 インド１
五木寛之　海外版 百寺巡礼 インド２
五木寛之　海外版 百寺巡礼 朝鮮半島
五木寛之　海外版 百寺巡礼 中　国
五木寛之　海外版 百寺巡礼 ブータン

五木寛之　海外版 百寺巡礼 日本・アメリカ
五木寛之　青春の門 第七部 挑戦篇
五木寛之　青春の門 第八部 風雲篇
五木寛之　青春の門 第九部 漂流篇
五木寛之　親鸞 青春篇 (上)(下)
五木寛之　親鸞 激動篇 (上)(下)
五木寛之　親鸞 完結篇 (上)(下)
五木寛之　五木寛之の金沢さんぽ
五木寛之　海を見ていたジョニー 新装版
井上ひさし　モッキンポット師の後始末
井上ひさし　ナ　イ　ン
井上ひさし　四千万歩の男 全五冊
井上ひさし　四千万歩の男 忠敬の生き方
井上ひさし／司馬遼太郎　新装版 国家・宗教・日本人
池波正太郎　私　の　歳　月
池波正太郎　よい匂いのする一夜
池波正太郎　梅安料理ごよみ
池波正太郎　わが家の夕めし
池波正太郎　新装版 緑のオリンピア

池波正太郎　新装版 殺しの四人 〈仕掛人・藤枝梅安㈠〉
池波正太郎　新装版 梅安蟻地獄 〈仕掛人・藤枝梅安㈡〉
池波正太郎　新装版 梅安最合傘 〈仕掛人・藤枝梅安㈢〉
池波正太郎　新装版 梅安針供養 〈仕掛人・藤枝梅安㈣〉
池波正太郎　新装版 梅安乱れ雲 〈仕掛人・藤枝梅安㈤〉
池波正太郎　新装版 梅安影法師 〈仕掛人・藤枝梅安㈥〉
池波正太郎　新装版 梅安冬時雨 〈仕掛人・藤枝梅安㈦〉
池波正太郎　新装版 忍びの女 (上)(下)
池波正太郎　新装版 殺しの掟
池波正太郎　新装版 抜討ち半九郎
池波正太郎　新装版 娼婦の眼
池波正太郎　近藤勇白書 (上)(下) 〈レジェンド歴史時代小説〉
井上　靖　楊　貴　妃　伝
石牟礼道子　新装版 苦《く》海《がい》浄《じょう》土《ど》 〈わが水俣病〉
いわさきちひろ　ちひろのことば
いわさきちひろ／松本　猛　いわさきちひろの絵と心
いわさきちひろ／絵本美術館編　ちひろ・子どもの情景 〈文庫ギャラリー〉
いわさきちひろ／絵本美術館編　ちひろ・紫のメッセージ 〈文庫ギャラリー〉
いわさきちひろ／絵本美術館編　ちひろの花ことば 〈文庫ギャラリー〉

講談社文庫　目録

いわさきちひろ絵本美術館編　ちひろのアンデルセン〈文庫ギャラリー〉
いわさきちひろ絵本美術館編　ちひろ・平和への願い〈文庫ギャラリー〉
石野径一郎　新装版 ひめゆりの塔
今西錦司　生物の世界
井沢元彦　義経幻殺録
井沢元彦　光と影の武蔵〈切支丹秘録〉
井沢元彦　新装版 猿丸幻視行
伊集院　静　乳房
伊集院　静　遠い昨日
伊集院　静　夢は枯野を〈競輪躁鬱旅行〉
伊集院　静　野球で学んだこと ヒデキ君に教わったこと
伊集院　静　峠の声
伊集院　静　白秋
伊集院　静　潮流
伊集院　静　冬の蜻蛉《とんぼ》
伊集院　静　オルゴール
伊集院　静　昨日スケッチ
伊集院　静　あづま橋
伊集院　静　ぼくのボールが君に届けば
伊集院　静　駅までの道をおしえて
伊集院　静　受け月
伊集院　静　坂の上のμ〈野球小説アンソロジー〉
伊集院　静　ねむりねこ
伊集院　静　新装版 三年坂
伊集院　静　お父やんとオジさん(上)(下)
伊集院　静　ノボさん〈小説 正岡子規と夏目漱石〉(上)(下)
伊集院　静　機関車先生〈新装版〉
いとうせいこう　我々の恋愛
いとうせいこう　「国境なき医師団」を見に行く
井上夢人　ダレカガナカニイル…
井上夢人　プラスティック
井上夢人　オルファクトグラム(上)(下)
井上夢人　もつれっぱなし
井上夢人　あわせ鏡に飛び込んで
井上夢人　魔法使いの弟子たち(上)(下)
井上夢人　ラバー・ソウル
池井戸　潤　果つる底なき
池井戸　潤　架空通貨
池井戸　潤　銀行狐
池井戸　潤　仇敵
池井戸　潤　BT'63(上)(下)
池井戸　潤　空飛ぶタイヤ(上)(下)
池井戸　潤　鉄の骨
池井戸　潤　新装版 銀行総務特命
池井戸　潤　新装版 不祥事
池井戸　潤　ルーズヴェルト・ゲーム
池井戸　潤　半沢直樹1〈オレたちバブル入行組〉
池井戸　潤　半沢直樹2〈オレたち花のバブル組〉
池井戸　潤　半沢直樹3〈ロスジェネの逆襲〉
池井戸　潤　半沢直樹4〈銀翼のイカロス〉〈新装増補版〉
池井戸　潤　花咲舞が黙ってない
石田衣良　LAST[ラスト]
石田衣良　東京DOLL
石田衣良　てのひらの迷路
石田衣良　40《フォーティ》 翼ふたたび
石田衣良　s e x
石田衣良　逆《さか》島《しま》断《たつ》雄《お》〈進駐官養成高校の決闘編1〉

石田衣良　逆島断雄〈進駐官養成高校の決闘編2〉
石田衣良　逆島断雄〈本土最終防衛決戦編1〉
石田衣良　逆島断雄〈本土最終防衛決戦編2〉
井上荒野　ひどい感じ―父・井上光晴
石田衣良　初めて彼を買った日
稲葉　稔　鳥の影〈八丁堀手控え帖〉
伊坂幸太郎　チルドレン
伊坂幸太郎　魔王
伊坂幸太郎　モダンタイムス(上)(下)
伊坂幸太郎　P K
伊坂幸太郎　サブマリン
絲山秋子　袋小路の男
石黒　耀　死都日本
石黒　耀　忠臣蔵異聞〈家老 大野九郎兵衛の長い仇討ち〉
犬飼六岐　筋違い半介
犬飼六岐　吉岡清三郎貸腕帳
石川大我　ボクの彼氏はどこにいる？
石松宏章　マジでガチなボランティア
伊東　潤　国を蹴った男

伊東　潤　峠越え
伊東　潤　黎明に起《た》つ
伊東　潤　池田屋乱刃
伊藤理佐　女のはしょり道
伊藤理佐　また！　女のはしょり道
伊藤理佐　みたび！　女のはしょり道
石飛幸三　「平穏死」のすすめ〈口から食べられなくなったらどうしますか〉
石黒正数　外《げ》天《てん》楼《ろう》
伊与原　新　ルカの方《はこ》舟《ぶね》
伊与原　新　コンタミ　科学汚染
稲葉圭昭《よしあき》　恥さらし〈北海道警　悪徳刑事の告白〉
稲葉博一《ひろいち》　忍者烈伝
稲葉博一　忍者烈伝ノ続
稲葉博一　忍者烈伝ノ乱〈天之巻〉〈地之巻〉
伊岡　瞬　桜の花が散る前に
石川智健　エウレカの確率〈経済学捜査と殺人の効用〉
石川智健　60《ロクジュウ》〈誤判対策室〉
石川智健　20《ニジュウ》〈誤判対策室〉
石川智健　第三者隠蔽機関

石川智健　いたずらにモテる刑事の捜査報告書
井上真偽《まぎ》　その可能性はすでに考えた
井上真偽　聖女の毒杯〈その可能性はすでに考えた〉
井上真偽　恋と禁忌の述語論理《プレディケット》
泉　ゆたか　お師匠さま、整いました！
伊兼源太郎　地検のS
伊兼源太郎　巨悪
逸木　裕　電気じかけのクジラは歌う
今村翔吾　イクサガミ　天
入月英一　信長と征《ゆ》く1・2〈転生商人の天下取り〉
磯田道史　歴史とは靴である
石原慎太郎　湘南夫人
内田康夫　シーラカンス殺人事件
内田康夫　パソコン探偵の名推理
内田康夫　「横山大観」殺人事件
内田康夫　江田島殺人事件
内田康夫　琵琶湖周航殺人歌
内田康夫　夏泊殺人岬
内田康夫　「信濃の国」殺人事件

2022年6月15日現在